Der Fluch des Lachens

JULES FEIFFER

Der Fluch des Lachens

♦

Aus dem Englischen von Werner Leonhard

♦

Gerstenberg Verlag

Die Deutsche Bibliothek – CIP-Einheitsaufnahme
Ein Titeldatensatz für diese Publikation
ist bei Der Deutschen Bibliothek erhältlich.

Gesetzt nach neuer Rechtschreibung
Lektorat Barbara Küper, Frankfurt
Die Originalausgabe erschien erstmals 1995
unter dem Titel *A Barrel of Laughs, A Vale of Tears*
bei HarperCollins Publishers, Inc., New York

Druck und Bindung bei LEGO, Vicenza
Printed in Italy
ISBN 3-8067-4931-0

00 01 02 03 04 5 4 3 2 1

Für
Luke, Lincoln
und Jack

Inhalt

♦

Der Fluch des Lachens

♦

Kapitel 1

Einer, der Wildschweine oder Hirsche jagt

Roger

hatte eine seltsame Wirkung auf Menschen.

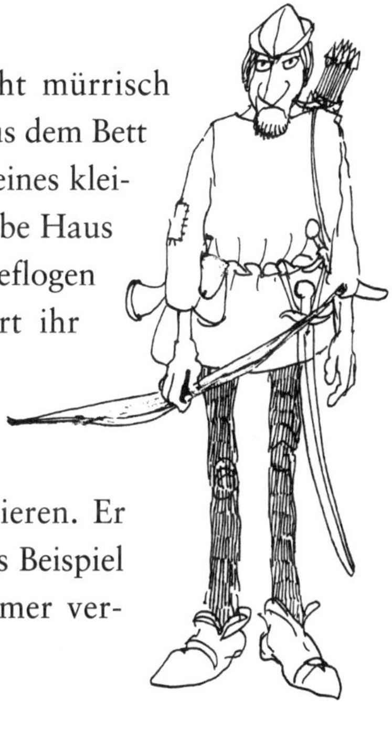

Dieser Typ etwa. Schaut der nicht mürrisch drein? Mürrisch ist er, seitdem er aus dem Bett gestiegen und auf den Wasserball seines kleinen Sohnes getreten ist. Durchs halbe Haus ist er geschlittert, durchs Fenster geflogen und im Rosenbeet gelandet. Wärt ihr nicht mürrisch mit einem Dutzend Dornen am Kopf?

Dieser Typ braucht euch allerdings nicht weiter zu interessieren. Er taucht in unserer Geschichte nur als Beispiel auf und ist in neun Seiten für immer verschwunden.

Hier seht ihr ihn durch den Wald stapfen, auf der Jagd nach Hirschen oder Wildschweinen – oder etwas in der Art –, denn damit verbrachten zu Rogers Zeiten Männer den ganzen Tag. Sie standen morgens auf und sagten: „Ich gehe auf die Jagd, Frau“, und die Frau sagte: „Was bringst du heute mit nach Hause, Mann? Hirsch oder Wildschwein?“ Und dann sagte der Mann: „Wird sich zeigen.“ Es war wirklich egal, weil alles Essen damals gleich schmeckte (und zwar nicht besonders). Ketschup war nämlich noch nicht erfunden worden.

So stapft er also durchs Gehölz – stapf stapf stapf – mit grimmigem Gesicht und denkt: „Warum immer ich? Erst stolpere ich über den Ball des Jungen und bekomme eine Dornenkrone. Dann stoße ich mir den Zeh an der Türschwelle und meine Frau lacht mich aus und nennt mich einen Tollpatsch. Ich bin zwar einer, aber wenn sie mich wirklich lieb hätte, würde sie das nicht sagen. Ich hasse meine Frau, äh, ich meine, mein Leben. Ich hasse es auch, auf Wildschwein- oder Hirschjagd zu gehen. Ich wäre lieber Schmied geworden. Gott sei Dank sind’s nur noch acht Seiten, dann bin ich für immer aus diesem Buch verschwunden!“

Diesen ganzen Quark denkt er also, als sich ohne besonderen Grund seine Stirn glättet.

Er stapft fünf Meter weiter – und ohne besonderen Grund lächelt er.

Noch einmal fünf Meter – und ohne besonderen Grund grinst er über das ganze Gesicht.

Und er fühlt sich großartig; seitdem er letztes Jahr beim großen Bauernpicknick das Sackhüpfen gewonnen hat, hat er sich nicht mehr so gut gefühlt.

Tja, auch wenn ich „ohne besonderen Grund" geschrieben und es zweimal wiederholt habe, so gab es doch einen. Unser Jäger war sich nicht darüber im Klaren, dass aus der entgegengesetzten Richtung Roger auf ihn zugestapft kam.

Und je näher Roger rückte, desto fröhlicher wurde der Jäger. Das nämlich war die Wirkung, die Roger auf Menschen hatte: Sie fühlten sich gut.

Dabei tat er überhaupt nichts dafür, dass sie sich gut fühlten. Er erzählte keine Witze, er versuchte nicht nett zu sein. Das brauchte er ja auch nicht: Er war ein Prinz.

Roger war der Sohn des guten Königs Wihissesdonoch. Und da er ein Prinz war, hatte er ein Recht darauf, streng, hochmütig und launisch zu sein. Nur konnte er das gar nicht, denn er wusste nicht, wie das geht: streng, hochmütig oder launisch sein. Er hatte es nie bei anderen gesehen. Er hatte niemals erlebt, dass seinem Vater, dem König, der Kragen platzte, oder dass seine liebe, verstorbene Mutter, die Königin, vor Wut mit dem Fuß aufstampfte. Und auch von den Ministern, Höflingen, Köchen, Dienern, Zimmermädchen und Lakaien des Königs hatte er niemals einen die Beherrschung verlieren sehen. Nicht ein einziges Mal seit seiner Geburt hatte er Menschen schreien, streiten oder fluchen hören. Und kein einziges Mal hatte er Tränen gesehen, außer Freudentränen. Davon sah er viele.

Denn Roger war ein Freudenbringer. Er verbreitete Freude, so wie die Sonne Licht verbreitet. Er war die ganze Freude seiner lieben Mutter gewesen, und das fand er besonders tröstlich, weil sie doch so plötzlich und unerwartet dahingegangen war. Als sie eines Tages im Ozean badete, hatte ein Blauwal sie verschluckt.

Roger vermisste seine Mutter zwar, aber von allen Säugetieren waren ihm Wale am liebsten und blau war seine Lieblingsfarbe. Wenn sie denn schon sterben musste, war dies vielleicht nicht der schlechteste Tod. Nach einiger Zeit musste Roger bei dem Gedanken lächeln, dass ein Blauwal im hellen grünen Meer seine Mutter in ihrem rot gestreiften Badeanzug hinuntergeschluckt hatte, als wäre sie eine Zuckerstange vom Jahrmarkt.

Alles im Leben bereitete Roger Spaß. Hier wacht er gerade am Morgen auf.

An diesem Morgen wollte er eigentlich ausreiten. Aber es ist ein scheußlicher Tag. Es regnet. Nicht nur das, es hagelt und schneit zur gleichen Zeit. Wie Schüsse klingen die Hagelkörner, wenn sie auf die Wände des Schlosses prallen. Und was sagt nun Roger, als er aus dem Fenster guckt? „Juhu!“, sagt er. „Wenn ich so, wie ich bin, rausgehe, bin ich in zwei Sekunden nass bis auf den Lendenschurz. Ich kann's kaum erwarten!“

Er geht nicht etwa wieder ins Bett, um ein Buch zu lesen oder eine Zeitschrift für Könige und solche, die es werden wollen, so wie jeder vernünftige Prinz es getan hätte. Nein, er geht hinaus, wird nass bis aufs Hemd, von Hagelkörnern verdroschen, und – ob ihr's glaubt oder nicht – er amüsiert sich königlich.

Alles, wichtig oder belanglos, machte Roger Spaß. Zähneputzen machte ihm Spaß. Essen und Schlafen machte ihm Spaß. Sport machte ihm Spaß – Jagen, Bogenschießen, Zweikampf mit Pferd und Lanze. Es machte ihm Spaß, freundlich zu sein, aber genauso viel Spaß, gemein zu sein. Dicke, Dünne, Reiche, Arme, Landstreicher, alle brachten ihn zum Kichern. Und Leute, die in Schlössern wohnten, mit dutzenden von Dienern, über die sie gar keinen Überblick mehr hatten – sie ließen ihn in lautes Gelächter ausbrechen.

Rogers erstaunlich gute Laune verzauberte jeden und alles, was sich ihm auf eine halbe Meile näherte.

Hunde hörten auf, Katzen zu jagen.

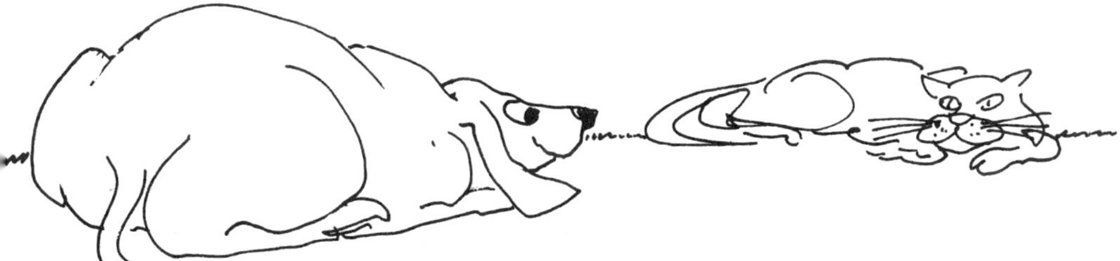

Katzen gaben die Vogeljagd auf.

Vögel saßen wie verzaubert in den Bäumen und ließen die Würmer in Frieden.

Würmer ringelten und kringelten sich vor Entzücken.

Und Hyänen lachten so sehr, dass sie sich das Maul mit totem Gestrüpp und übel schmeckendem Blattwerk stopfen mussten, um ihre Fassung wiederzufinden.

Jetzt seid ihr also im Bilde. Und hier ist unser Freund, der Jäger, wieder im Bild.

Roger ist gerade in Erscheinung getreten und der Jäger kreischt und kugelt sich vor Lachen. Hoppla, jetzt ist er schon wieder in einem Rosenstrauch gelandet.

Vor lauter Lachen ahnt er überhaupt nicht, wie schrecklich ihm in einer Minute zumute sein wird. Aber das macht nichts, denn ab diesem Moment wird er aus dem Buch verschwunden sein. Er war sowieso nur drin, um zu zeigen, welche Wirkung Roger auf Menschen hat.

Herr Jägersmann,
Sie dürfen jetzt gehen!

Er lacht immer noch.

Sie müssen jetzt gehen, Sir!

Er geht nicht. Er lacht immer noch.
Er will einfach nicht
gehen.

Ich hasse es, auf diese Weise die Kontrolle über ein Buch zu verlieren. Gut, dann gehen eben *wir*, und zwar ins nächste Kapitel.

Kapitel 2
König Wihissesdonoch

„Roger, so das nicht weht geiter“, sagte sein Vater, der König, im Throngemach seines Schlosses.

Roger war nicht anwesend, als der König sprach. Denn sonst hätte der König kaum mehr als ein oder zwei Worte rausgekriegt: „Roger, das-das-*ha-ha*-das-das-das-ha-ha-ha-ha-ha-ha-ha-ha-ha-ha-ha-ha-“, und so weiter, bis er vor Lachen oder an Altersschwäche gestorben wäre.

Vater und Sohn sprachen über ein „Dingsfidelbum“ miteinander. So nannte der König, der für nichts das richtige Wort kannte, diese Erfindung seines Hofzauberers: zwei Papptassen, die durch einen fünf Meilen langen Faden verbunden waren. Der ging vom Throngemach des Königs durchs Schlossfenster über Berg und Tal, Wald und Flur, Flüsse und Ströme, zum höchsten Gipfel des Königreiches, auf dem ein Turm stand, der einzig und allein für Roger gebaut worden war. Dies war der einzige Ort auf der Erde, wo er sich herumtreiben konnte, ohne jemand zum Lachen zu bringen.

„Roger, ich vermesse dich sihr, ich meine, ich vermisse dich sehr. Aber wa du bovist, würzig geohrweitet, ich meine, da, wo du bist, wird nicht gearbeitet, weil lalle Eute lachen.“ Der König wusste genau, was er sagen wollte, aber er brauchte immer mehr als einen Anlauf dafür und so kam er zu dem Namen König Wihissesdonoch.

„Mein Sohn, wenn du da bist, fällt kein Wirt bestellt – äh, wird kein Feld bestellt, pfein kehrt beschlagen – soll heißen, kein Pferd beschlagen, Hohn Kirsch gescheißen, ich meine, kein Hirsch geschossen. Und wich Dill ihr Saumagen, ich will dir auch sagen, warum.

Du bist verdammt noch mal ein zu lieber Kerl. Hmm, stimmt das etwa?“ Es verwirrte den König, wenn er richtig sprach. „Eines Tages werde ich König sein – soll heißen, *du* wirst eines Tages König sein, und nass ist dicht zu verneunen – äh, das ist nicht zu verachten. Ist das keine Zecken schlucken – das heißt, das ist kein Zuckerschnecken, äh, Zuckerschlecken, König zu sein. Eines Platzes wirst du an meinem Tag sein – äh, eines Tages wirst du an meinem Platz sein und du wirst, du wirst – wie heißt doch gleich das Wort? – Insekt, Konfekt, verdreckt, *Respekt!* fordern. Das ist das wichtige Rort! Respekt! Jawoll! Aber nicht enn lalle über dich wachen, wenn alle über dich lachen. Roger, es ist an der Zeit, dass du etwas mit mir, äh dir anfängst. Gu rauchst Beinen Eisen Drahtweber, Bratweger – jetzt hab ich's: Du brauchst einen weisen Ratgeber. Ich schere dich zu meinem Zauderer wicken, werde mich zu deinem Schauderer zicken, dich zu meinem Zauberer schicken.“

Kapitel 3

H. Zacharias Zauber

Wo ist Roger auf diesem Bild?

- ❑ A. Hinter dem Vorhang
- ❑ B. Unter dem Stuhl
- ❑ C. Unter den Gewändern des Mannes
- ❑ D. Nicht auf dem Bild
- ❑ E. Sonstiges

E ist richtig. Der alte, klapprige, verknarzte Lehnstuhl, in dem der alte, klapprige, verknarzte Mann sitzt, ist – wer wohl? – Roger! Der da auf ihm sitzt, ist H. Zacharias Zauber, der nicht nur der weiseste Mann im ganzen Königreich war, sondern auch ein großer Zauberer. Aber so groß und weise H. Zacharias auch sein mochte, in Rogers Gesellschaft konnte er nicht anders, als sich hilflos vor Lachen auf dem Boden zu kugeln. Und für einen Mann in seiner Position schickte sich das nicht; für einen Mann seines Alters – 132 Jahre – war es überdies gefährlich.

H. Zacharias hatte nur eine Möglichkeit, mit Roger zusammen zu sein, ohne sich auf dem Boden zu kugeln, und zwar indem er den Jungen in etwas verzauberte, das ihn nicht zum Lachen bringen würde. Bisher hatte er Roger bei verschiedenen Gelegenheiten in einen Hund, eine Katze, eine Maus, einen Frosch, einen Baum, einen Regentropfen und eine Staubflocke verwandelt. Aber an diesem Tag war er ziemlich erschöpft, denn er hatte die ganze Nacht wach gesessen und Weissagungen für das nächste Jahrhundert niedergeschrieben. Deswegen entschloss er sich zwei Fliegen mit einer Klappe zu schlagen und verwandelte Roger in einen Lehnstuhl.

„Bin ich zu schwer für dich, Roger?“

„Nein. Ha-ha.“

„Habe ich etwas Komisches gesagt?“

„Noch nicht, aber ich lach mich schon mal warm. Ha-ha.“

„Ich lege dir ein weiches Kissen auf die Sitzfläche, vielleicht dämpft das ja deine Heiterkeit. Du hast doch nichts dagegen, oder?“

„Alles easy. Ha-ha."

H. Zacharias guckte verdutzt, dann guckte er verärgert. „Roger, ich bin die ganze Nacht auf gewesen, um Weissagungen fürs nächste Jahrhundert zu Papier zu bringen. Und selbst da wird keiner diesen Ausdruck ‚alles easy' gehört haben. ‚Alles easy' wird erst in, na, sechshundert Jahren eine Redensart sein, sage ich mal voraus. Ich hasse es, wenn in Büchern, Filmen oder im Fernsehen Menschen, die in unserer Zeit leben, Wörter benutzen, die erst in einigen Jahrhunderten gebräuchlich werden."

„Was sind Filme? Was ist Fernsehen?"

„Vergiss es!", raunzte der Zauberer und benutzte damit selber eine Redensart, die erst sechshundert Jahre später geläufig sein sollte.

„Sorry", sagte Roger.

„Dafür nicht", sagte der Zauberer.

„Echt cool", sagte Roger.

„Ja, ja, alles easy", grummelte der Zauberer und beendete damit den Wortwechsel, der völlig anders verlaufen war, als er es sich vorgestellt hatte.

Aber das war typisch für Roger: Nichts lief bei ihm so ab, wie es sollte.

„Roger", sagte H. Zacharias, fest entschlossen die Dinge beim Namen zu nennen, „für jeden Menschen außer dir ist das Leben ein Auf und Ab, Sonne und Regen."

„Unglaublich!", sagte Roger.

H. Zacharias war erstaunt. „Auf und ab, Sonne und Regen, das findest du unglaublich?"

„Was könnte man sich Besseres wünschen?“, sagte der Lehnstuhl, der Roger war. „Außer vielleicht – Moment mal – Drum und Dran, Licht und Schatten, Stock und Stein und Bein, Strich und Faden und, halt, eins gab’s da noch, ja, Himmel und Erde. Kann ich die auch haben?“

H. Zacharias krümmte seinen alten, verschrumpelten Körper zusammen und sprach mit strenger Stimme zum Lehnstuhl: „Nein, Roger. Du kannst keines von diesen Dingen haben. Weder jetzt noch sonst irgendwann. Und weißt du auch, warum?“

„Das ist zum Schreien komisch“, sagte der Lehnstuhl.

„Eben, *das* ist es!“, raunzte H. Zacharias. „Weil du alles zum Lachen findest und alle zum Lachen bringst. Roger, du hast nicht einen Funken Ernst in dir. Du bist der reinste Hampelmann. Und ein Prinz ohne einen Funken Ernst ist nicht bereit König zu sein oder auch nur Vater – nein, nicht einmal ein Mann. Du bist nicht bereit, und wirst es vielleicht nie sein, die Pflichten und die Verantwortung zu übernehmen, die deinem Stand gebühren.“

„Funkenmariechen hin, Ernst her, aber wenn das hier Standgebühren kostet, dann nichts wie weg!“, gackerte Roger.

„Da draußen ist das richtige Leben, du Geck!“, brüllte H. Zacharias, mit seiner Geduld am Ende. Er zeigte durchs Fenster auf den Wald ohne Wiederkehr und darüber hinaus. „Die Welt ist ein Gemisch aus Licht und Schatten, Höhepunkten und Abgründen. Und nichts von alledem wirst du erleben. *Gar nichts* wirst du erleben.“ H. Zacharias erhob sich von Roger und ging hinüber zum Fenster. Eine ganze Weile starrte er nach draußen.

„Du musst dich erst auf die SUCHE machen“, sagte er. In seinen Augen war ein Leuchten.

„Auf die *was*?“, fragte Roger.

„Das ist es!“, rief der Zauberer. „Du musst auf die SUCHE geschickt werden!“

„Du meinst, um ein schönes Mägdelein vor einem Drachen oder einem Menschenfresser zu retten? So was in der Art? Das macht bestimmt Laune.“

„Roger, du bist viel zu unernst für Rettungsaktionen. Ich sehe dich schon, wie du auf einem Schlachtross dahergeprescht kommst, um eine holde Jungfrau aus den Klauen eines Drachen zu befreien ...“ Der Zauberer konnte sich bei diesem Gedanken ein Grinsen nicht verkneifen. „Der arme Drachen!“ Er kicherte. „Die jammervolle Jungfrau!“ Er lachte. „Sie würden sterben-sterben-sterben –“ Er brachte die Worte nicht heraus. „Sterben-sterben-sterben-sterben-sterben vor La-la-lachen!“ Außer sich vor Heiterkeit fiel er zu Boden und kugelte sich hierhin und dorthin. Erst als es ihm gelang, die Worte „Sesam, schließe dich!“ zu stammeln, bekam sich der alte Zauberer wieder unter Kontrolle. Seine Lippen pressten sich zusammen, als wären sie zugenagelt. Seine Gesichtsfarbe wechselte von Rote Bete zu Weißbrot. Mit funkelndem Blick starrte er Roger an, während er vom Boden aufstand oder genauer gesagt aufschwebte; schließlich war er ein Zauberer.

„Siehst du, was du anrichtest, Roger? Du versetzt das ganze Königreich in Aufruhr. Wir werden erst dann Ruhe haben, wenn du von deiner SUCHE als ernsthafter, besonnener Bursche zurückkehrst.“

„Was für eine SUCHE?“, fragte Roger, als sich H. Zacharias wieder auf ihm niederließ.

„Eine SUCHE, die mehr für dich ist als ein bloßes Abenteuer“, sinnierte H. Zacharias. „Eine SUCHE, die dir –“ das nächste Wort spannte H. Zacharias auf wie einen Regenschirm: „Errrfahrrrunggg bringt!“

Roger war verdutzt. „Ich glaube, das ist das längste Wort, das ich jemals gehört habe, abgesehen von ‚Sumpfdotterblume‘. Was bedeutet das?“

„Ich bin dein Zauberer, nicht dein Lehrer. Du wirst früh genug erleben, was es bedeutet“, grummelte H. Zacharias. „Soll ich dich erst einmal in die Wüste der Wirrnis schicken, und die führt dann zum Schlund der Schrecken und zu schlechter Letzt ins Verlies des Verderbens …“ Er schüttelte den Kopf. „Nein, das ist etwas für Fortgeschrittene. Du brauchst eine SUCHE, an der du wachsen kannst.“

„Muss man bei einer SUCHE nicht irgendwas finden oder irgendwen?“, sagte Roger.

„Richtig!“, sagte der Zauberer, entzückt von Rogers schneller Auffassungsgabe.

„Wen oder was muss ich denn finden?“

„Gut, dass du diese Frage stellst“, sagte H. Zacharias. Er erhob sich wieder von Roger und ging hinüber zum Fenster. Sein ganzer Körper tat ihm noch weh vom Umherrollen auf dem Fußboden. Er starrte aus dem Fenster mit dem eigentümlichen Blick eines Zauberers, der Wälder, Berge und Täler umspannte, die ein gewöhnliches Auge nicht sehen konnte.

„Ich sehe dich den Wald ohne Wiederkehr betreten, Roger.“ Mit so leiser Stimme sprach H. Zacharias, dass Roger, der Stuhl, sich anstrengen musste, um sie zu hören.

„Der Wald ohne Wiederkehr, was ist das?“, fragte Roger.

„Weiter zum Felsgrund der Fiesheit.“

„Der Felsgrund der Fiesheit, was ist das?“, fragte Roger.

„Von dort zum Reich der Rachsucht.“

„Das Reich der Rachsucht, was ist das?“, fragte Roger.

„Über den See der Seufzer und den Berg der Bosheit.“

„War's das? Oder kommt noch mehr?“, fragte Roger. „Weil, wenn ja, dann will ich's gar nicht wissen.“

Ein listiger Funke brachte H. Zacharias' Augen zum Blitzen. „Dort findest du deine SUCHE!“

„Das versteh ich nicht“, sagte Roger. „Wo?“

„Darinnen, darüber oder dahinter“, sagte der Zauberer.

„Wollen mal sehen, ob ich das richtig verstanden habe“, sagte Roger. „An einem dieser Orte werde ich finden, was ich suche. Oder auch an einem anderen. Habe ich dich richtig verstanden?“

„Darinnen, darüber oder dahinter“, wiederholte der Zauberer.

Roger schüttelte sich vor Lachen. Ein seltsamer Anblick, denn er war ja ein Stuhl. „Du schickst mich auf die SUCHE, sagst aber nicht, wohin, und zwar um etwas zu finden, sagst aber nicht, was. Habe ich das richtig verstanden?“

„Ich hätte es selbst nicht besser sagen können“, sagte der Zauberer.

„Was sagen können?“, gackerte Roger. „Ich weiß nicht, was ich gesagt habe! Woher soll ich wissen, dass ich da bin, wo ich hin soll? Oder dass ich gefunden habe, was ich suche?“, fragte Roger, und sein Lachen wuchs und brodelte eine gute Minute lang.

„Genau so“, grummelte H. Zacharias Zauber.

„Genau wie?“, kicherte Roger, der sich nicht beherrschen konnte.

„Wo es auch sein mag, was es auch sein mag, wer es auch sein mag – du weißt, dass du gefunden hast, was du suchst, wenn keiner von euch lacht.“

„Juhu!“, schrie Roger und wippte so wild hin und her, dass sich eine Armlehne löste, über den Fußboden hüpfte und H. Zacharias am Knöchel traf.

„Jurrauhuuweiaohweh!“, schrie der Zauberer und benutzte damit ein Wort, das nicht das Geringste mit Zauberei zu tun hatte, aber genau beschrieb, wie ihm zumute war.

Kapitel 4
Der Wald ohne Wiederkehr

Nach zwei Reisetagen und -nächten kamen Roger, der in ein weißes Pferd verwandelt worden war, und H. Zacharias Zauber, der ihn ritt, kurz nach Morgengrauen am Rand des Waldes ohne Wiederkehr an. „Scheint ausgesprochen lauschig zu sein“, sagte Roger, als er Bäume in allen Formen und Größen Tänzern gleich im Frühnebel schwanken sah.

H. Zacharias schnipste eineinhalbmal mit den Fingern. Genau so viel und nicht mehr war nötig, damit Roger wieder ganz der alte Prinz wurde. Dann sagten der Jüngling und der alte Zauberer einander Lebewohl.

Obwohl er Roger mit Tränen in den Augen umarmte, stellte H. Zacharias fest, dass er trotzdem wieder lachen musste. „Roger, ich *ha-ha* gebe dir diesen Beutel mit Zauberpulver, den du immer bei dir tragen musst. Es wird dich in Dinge verwandeln, die *ha-ha* niemanden zum Lachen bringen. In was genau und für wie lange, kann ich *ha-ha* nicht sagen. Zauberei ist eine inexakte *ha-ha* Wissenschaft. Vielleicht bist du eine Stunde lang *ha-ha* ein Eichhörnchen, einen Tag lang *ha-ha* eine Gans, ein Farn *ha-ha* für eine Woche, ein Baum für ein – für ein, oh, *ha-ha-ha-ha-ha-ha*, ich halte das nicht mehr aus. Viel Glück, mein Junge!“

Ehe Roger noch einen letzten Lacher mit ihm hätte teilen können, zog H. Zacharias seinen schwarzen Reiseumhang über seinen spitzen Zaubererhut und wirbelte wie ein Brummkreisel davon.

Roger betrat den Wald ohne Wiederkehr. Er war fest überzeugt, dass er von hier munter zum Felsgrund der Fiesheit vorpreschen konnte, weiter zum Reich der Rachsucht, zum See der Seufzer und zum Berg der Bosheit und dass er bei Einbruch der Dunkelheit mit dem Ergebnis seiner SUCHE (was auch immer das sein mochte) zurück in seinem Turm sein würde.

Ein Jahr später war er sich immer noch sicher, dass es nicht lange dauern würde. Aber je weiter er voranstapfte – stapf stapf stapf –, desto mehr verirrte er sich. Der Wald ohne Wiederkehr begann hier, ging aber niemals zu Ende, und genau deswegen hieß er Wald ohne Wiederkehr. Er ging immer weiter und weiter und weiter und weiter und dann noch ein ganzes Stück. Roger traf auf Wanderer, die seit fünfzehn oder zwanzig Jahren drin waren. Sie kamen nicht dazu, über Roger zu lachen, denn wenn er sie näher kommen hörte (ein Kichern, das in schallendes Gelächter überging), bestreute er sich mit Zauberpulver aus dem

Beutel, den ihm H. Zacharias gegeben hatte. Und augenblicklich verwandelte er sich. In alles Mögliche, zum Beispiel:

Ein Gänseblümchen.

Eine Kuh.

Eine Schlange.

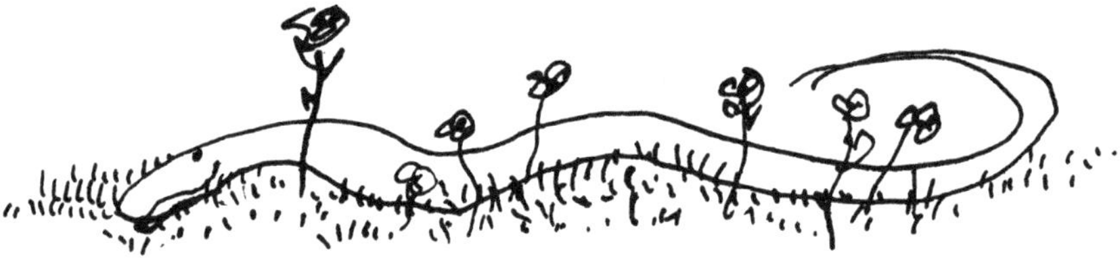

Und in genau jenen alten Lehnstuhl, in den ihn der Zauberer verwandelt hatte.

Die Wanderer im Wald ohne Wiederkehr sollten niemals erfahren, dass die gänzlich unscheinbaren Gänseblümchen, Kühe, Schlangen oder Lehnstühle, an denen sie dicht vorbeimarschierten, in Wirklichkeit Prinz Roger waren.

Zuerst ging er sparsam mit dem Zauberpulver um, damit es länger halten sollte. Aber bald merkte er, dass, egal mit wie viel oder wie wenig er sich bestreute, am nächsten Morgen der kleine Beutel aus Schweinsleder wieder voll war. Manchmal hielt der Zauber eine Stunde an, ein anderes Mal einen Tag, eine Woche oder länger. Roger war das egal; er genoss die Abwechslung.

„Wie kommt es wohl, dass ich mich nie in einen Vogel verwandle, der von diesem Ort fortfliegen kann?“, fragte er sich eines Tages, während er gerade als gesprenkelte Forelle munter den Haken einiger Angler auswich. Er schlug mit seinen Flossen wie ein Vogel und machte: „Piep, piep, piep.“ Der Gedanke, ein Fisch zu sein, der Vogelstimmen nachahmt, reizte ihn so sehr, dass er an die Oberfläche schwamm, um sein Vergnügen mit den Anglern zu teilen.

„Piep, piep, piep“, machte Roger.

„Habt ihr das gehört?“, sagte der erste Angler, der Stefan der Steinmetz hieß.

„Tu-wit, to-wu“, machte Roger und wechselte die Tonlage.

„Was, glaubst du, ist das?“, fragte der zweite Angler, der Tim der Troubadour hieß.

„Entweder ein verzauberter Vogel oder eine ungewöhnlich schlaue Forelle“, sagte Stefan der Steinmetz.

„Korr-korr“, machte Roger.

„Kannst du auch eine Eule nachmachen?“, rief Tom der Troubadour.

„Hu-hu“, machte Roger.

„Geh nicht weg!“, riefen die Angler und rannten davon, um die übrigen Waldbewohner zu holen. Und was für die Leute im

Wald ohne Wiederkehr als ein weiterer langweiliger Tag begonnen hatte, wurde so zu einem unvergesslichen Nachmittag mit einer Forelle, die Kunststücke vorführte.

So fand Roger Freunde und aus Tagen wurden Wochen und aus Wochen Monate, und seine neuen Freunde gewöhnten sich langsam daran, dass Roger für den Spaß im Leben sorgte. Wenn Roger unerwartet in einer seiner vielen Gestalten auftauchte – als sprechender Frosch, tanzendes Reh, singender Baum –, dann dachten sie nicht mehr daran, im Kreis zu laufen, auf der Suche nach dem Weg aus dem Wald. Wäre dies ein Sommerlager gewesen, so hätte er die Aufgabe des Freizeitmanagers gehabt.

Eines Morgens, als Roger wieder einmal ziellos umherwanderte und die Vögel in den Bäumen bezauberte, hörte er in der Ferne das dröhnende Gelächter eines Mannes. Rasch bestäubte er sich mit Zauberpulver und verwandelte sich augenblicklich in ein Wildschwein. Kaum war er dieses enorme, schnaubende, stampfende, dahingaloppierende Wesen geworden, da hörte er auch schon, wie etwas Undefinierbares zischend an seinem rechten Ohr vorbeisauste. Ein Pfeil bohrte sich in einen Baumstamm, einen knappen Zentimeter über seinem Kopf. Als Roger, das Wildschwein, herumwirbelte, sah er den Jäger aus dem ersten Kapitel auf sich zustürmen, der sich geweigert hatte dieses Buch zu verlassen, als er es noch konnte, und der jetzt stattdessen im Wald ohne Wiederkehr festsaß.

„Halt oder ich schieße!“, rief der Jäger. Das war ein dummer Satz. Zum einen hatte er bereits geschossen, zum anderen legte er eben einen Pfeil an, um erneut zu schießen. Hätte Roger auf ihn gehört, dann hätte er als totes Wildschwein sein Prinzendasein beendet.

Glücklicherweise wusste Roger genau, was zu tun war. Er senkte den Kopf, schnaubte Furcht erregend und ging auf den Waidmann los, als ob er ihn töten wollte, was ganz und gar nicht der Fall war. Er wollte nur spielen.

Die Verfolgungsjagd dauerte gut zwei Stunden, bis beide, Wildschwein und Jäger, vor Erschöpfung in die Knie gingen.

„Töte mich nicht!", flehte der Jäger.

„Warum sollte ich dich töten? Ich habe ewig nicht mehr so viel Spaß gehabt", keuchte Roger.

Der Jäger war verblüfft, aus dem Maul einer solchen Bestie eine so freundliche Stimme zu hören. „Verzeih mir! Ich hätte keinen Schuss abgefeuert, wenn ich gewusst hätte, dass du verzaubert bist. Was bist du in Wirklichkeit? Ein Prinz?"

„Das spielt keine Rolle", sagte Roger, der zu bescheiden war es zuzugeben.

„Was immer du sein magst, du bist ein nobles Geschöpf, wenn du mich am Leben lässt. Ich werde nie wieder auf ein Wildschwein schießen, denn das könntest ja du sein. Ich werde nur noch auf Hirsche schießen."

Roger lachte laut auf. „Vielleicht bin ich eines Tages ein Hirsch!"

„Dann werde ich nie wieder auf Wildschweine *und* Hirsche schießen. Ich werde ... Bären schießen!"

„Und was, wenn *ich* dieser Bär wäre?", sagte Roger und tat ganz empört.

Der Jäger stöhnte. „Dann sage mir, was du nicht sein wirst, damit ich *das* jagen kann!"

„Alles Mögliche!" Roger lachte unmäßig. „Ich könnte alles Mögliche sein."

Diese Neuigkeiten nahm der Jäger sehr ernst auf. „Ich werde nie wieder jagen", sagte der Mann, der nun zwar kein Jäger mehr, aber immer noch in diesem Buch ist und deshalb einen Namen haben sollte. Wie wär's mit Jack?

„Ich bin Tom", sagte der ehemalige Jäger, der nie das tut, was ich ihm sage.

„Ich bin Roger", sagte das Wildschwein.

„Erzähl mir deine Geschichte", sagte der ehemalige Jäger.

Und so verbrachten sie die nächste Stunde damit, einander ihre Geschichte zu erzählen, die ihr ja schon kennt, die ihr aber wieder auffrischen könnt, indem ihr euch das erste Kapitel noch einmal vornehmt.

Kapitel 5
Die Nacht der Frösche

Hinweis für den Leser: Dies ist *mein* Buch. Ich bin der Autor. Ich hatte die Idee für den Titel, auf den ich stolz bin; denn er klingt poetisch – was gut ist –, ist es aber nicht – was noch besser ist. Ich habe mir die Geschichte und alle Figuren ausgedacht – einschließlich Jack, der sich Tom nennt –, und das, so muss ich zugeben, frustriert mich ehrlich.

Der Vorteil eines Schriftstellers besteht darin, dass er genau weiß, was alles passieren wird, bevor es passiert. Im wirklichen Leben weiß man nie genau, was in fünf Minuten passiert, aber in seinem eigenen Buch darf man der Boss sein auf eine Art und Weise, die das richtige Leben nie zulassen würde. Und genau deswegen entscheiden sich Leute wie ich dafür, lieber Schriftsteller zu werden als, sagen wir mal, Präsident. Denn nicht einmal ein Präsident weiß, was ein Schriftsteller weiß, nämlich, was als Nächstes passieren wird.

Aber dieser Jack, der sich Tom nennt, kommt einfach daher und verschwindet erstens nicht aus dem Buch, wenn er es sollte, und als Nächstes trifft er Roger und wird sein bester Freund. Ja, genau das passiert als Nächstes. Ich weiß das, weil ich es so geplant habe. Nein, nicht dass dieser Jack Rogers bester Freund wird, sondern ein anderer Jäger, den ich Jack nennen wollte, und der wäre dann *wirklich* Jack gewesen, wenn dieser Idiot nicht zuerst aufgetaucht wäre. Zum Aus-der-Haut-Fahren!

Naja, egal, ich brauchte diese kurze Unterbrechung einfach mal, um Dampf abzulassen. Keine Sorge, *im Großen und Ganzen* habe immer noch ich in dieser Geschichte das Sagen, und alles müsste ziemlich genau so laufen, wie ich es geplant habe. Aber hütet euch vor diesem Tom. Ja, ich werde ihn Tom nennen. Ich habe keine Wahl; schließlich nennt Roger ihn Tom, und es wäre verwirrend, wenn ich ihn Jack nenne, während Roger ihn Tom nennt.

Ein letztes Wort: Traut Tom nicht. Und wenn ihr ihn irgendwo außerhalb dieses Buchs trefft, dann erzählt ihm nicht, dass ich das gesagt habe.

Danke.

Geht jetzt weiter zum nächsten Kapitel, das ebenfalls Nr. 5 ist. Dieses hier war nicht wirklich Kapitel 5 und es gibt keine „Nacht der Frösche". Das habe ich nur gesagt, um Tom in die Irre zu führen.

Kapitel 5
Tom

Wie kam es nun, dass Roger und Tom die besten Freunde wurden? Sie waren sich überhaupt nicht ähnlich. Tom war ein einfacher Mann, Roger ein Prinz. Tom war fünf Jahre älter, ein erwachsener Mann. Roger war ein Jüngling, in vieler Hinsicht noch ein Junge. Tom hatte eine Frau und einen Sohn, die er allerdings beide nicht mehr gesehen hatte, seitdem er im Wald ohne Wiederkehr festsaß. Er hatte sie mehr oder weniger vergessen und sie ihn auch. Ein Jahr nach seinem Verschwinden wandte sich seine Frau an König Wihissesdonoch mit der Bitte, ihren Mann per königlichem Erlass für tot erklären zu lassen. Binnen eines Monats war sie mit dem Bauern von nebenan verheiratet, einem anständigen, freundlichen und zuverlässigen Burschen, der obendrein auch noch Jack hieß und über den ich viel lieber schreiben würde als über Tom. Aber für Jack ist kein Platz in diesem Buch, weil er Roger niemals kennen gelernt hat. Wohingegen Tom Rogers bester Freund war. Das Leben kann reichlich kompliziert sein. Nicht alles ist so, wie man es gern hätte.

Roger war ohne irgendeinen Spielkameraden aufgewachsen. Seine Freunde im Schloss lachten viel zu sehr, um mit ihm spielen zu können. Und seine Freunde im Wald ohne Wiederkehr wollten nur unterhalten werden; für alles andere waren sie zu alt. Tom war da aus anderem Holz geschnitzt. Der Altersunterschied zwischen beiden war gering genug, dass sie viel Spaß miteinander haben konnten, besonders nach einer Prise von H. Zacharias Zaubers Zauberpulver. Aus Jux und Tollerei verwandelte sich Roger in alles und jeden: Pflanzen, Tiere, Möbel, Pfützen.

An und für sich ist eine Pfütze nicht besonders lustig, aber wenn Tom in ihr auf und ab springt und Roger Tom mit Matsch vollspritzt ... ja, diese Art von Spaß verbindet.

Ein beliebtes Versteckspiel, das sie „Heiß-und-kalt“ nannten, kam nur dann in Frage, wenn sich Roger zufällig in etwas verwandelt hatte, was Tom aufheben und werfen konnte, etwa in einen Stock oder einen Stein. Das Spiel ging so, dass Tom Roger mit aller Kraft in den dichtesten Teil des Waldes schleudern und dann nach ihm suchen musste.

„Heiß oder kalt?“, rief Tom, während er – stapf stapf stapf – durchs Gehölz stapfte.

„Eiskalt“, sagte Roger mit leiser Flüsterstimme, um seinen Aufenthaltsort nicht zu verraten.

Tom änderte die Richtung. „Wird's hier wärmer?“

„Eiskalt! Gleich kriegst du Frostbeulen! Du bist ein Eiszapfen!“, rief Roger, der dieses Mal ein Hufeisen war, das in einem Haufen Kiefernnadeln begraben lag.

Und so verging der Nachmittag, indem Tom durch die Gegend stolperte und seinen Kumpel suchte. „Wird es wärmer?“

„Heiß!“

„Immer noch heiß?“

„Du brennst schon lichterloh!“

„Ha, ich hab dich!“

Roger konnte sich kaum vorstellen, dass man mehr Spaß haben könnte. Wie also hätte es anders sein können, als dass Tom sein bester Freund wurde?

Nachdem sie sich so den lieben langen Tag vergnügt hatten, entspannten sich Roger und Tom gern, indem sie über alles Mögliche redeten. Unter Freunden ist das ganz normal, für Roger aber war dies eine völlig neue Erfahrung. „Wir sollten einen Plan machen“, sagte Roger eines Tages, als er ein Baum war. Er freute sich immer schon auf diesen Plausch am späten Nachmittag.

„Wozu brauchen wir einen Plan?“, fragte Tom, der in Rogers Schatten saß und in einem Bach fürs Abendessen angelte.

„Einen Plan, wie wir hier rauskommen“, sagte Roger.

„Dies ist der Wald ohne Wiederkehr. Von hier gibt es kein Zurück“, sagte Tom.

Roger wusste, dass das nicht stimmen konnte, denn er war ja auf der SUCHE. „Das glaube ich nicht“, sagte er.

„Ich bin älter als du, also weiß ich es besser.“

„Aber ich bin ein Prinz, deswegen ist es nur recht und billig, dass *ich* es besser weiß.“

„Ein einfacher Mann, der das Leben kennt, weiß mehr als ein Prinz, den man in einen Turm gesperrt hat, damit er die Leute nicht zum Lachen bringt", sagte Tom.

„Ein Prinz ist gebildet, ein einfacher Mann nicht. Du kannst nicht mal lesen", sagte Roger.

„Was nützt es, lesen zu können, in einem Wald ohne Bücher?", fragte Tom.

Da hatte Tom recht, aber Roger wollte nicht nachgeben. „Du bist nur neidisch, weil ich gebildet bin."

„Wenn du so gebildet bist, was für eine Art von Baum bist du denn?", spottete Tom. Darauf wusste Roger keine Antwort. „Ich weiß, was für ein Baum du bist, und du ni-hicht", fuhr Tom im Singsang fort.

„Ich bin sowieso kein richtiger Baum, warum also sollte mich das kümmern?"

„Umso besser, weil ich's dir auch nicht sa-ha-ge."

„Auch gut, weil ich etwas über di-hich weiß, was ich nicht sage", sang Roger zurück.

„Tust du ni-hicht", näselte Tom.

„Tu ich wo-hohl."

„Das hast du dir gerade ausgeda-hacht, damit ich dir sage, was für ein Ba-haum du bi-hist."

„Hab ich ni-hicht", sang Roger.

Tom ging die Geduld aus. „Sag du mir deins, sag ich dir meins."

„Zuerst musst du sagen."

„Sag du zuerst."

„Sag du zuerst!“ Wenn es darum ging, sich kindisch anzustellen, konnte es niemand mit Roger an Ausdauer aufnehmen.

„Du bist ein Ahornbaum“, knurrte Tom. „Jetzt bist du dran.“

„Einer von meinen Zweigen fällt dir gleich auf den Kopf.“

Eine Sekunde eher, und Tom hätte sich vielleicht noch wegducken können. „Aua!“, schrie er, als ein tief hängender Zweig von Roger abfiel, der so heftig lachen musste, dass sich all seine Blätter schüttelten, als ob sie Beifall klatschten.

„Das ist überhaupt nicht komisch“, jammerte Tom und rieb sich seinen schmerzenden Kopf.

„*Ich* finde es schon lustig!“

„Und was würdest du sagen, wenn ich dir einen Tritt gebe?“, sagte Tom. Er war zu sauer, um daran zu denken, dass er hier einem Baum drohte und keinem Prinzen.

„*Ist mir schnuppe, dumme Suppe*“, antwortete Roger in spöttischem Singsang.

Also trat Tom Roger und verstauchte sich den Zeh. Mitsamt dem Fisch, den er gefangen hatte, humpelte er in den Wald. „Fang dir dein Essen selber!“, rief er.

Roger konnte sein Lachen gerade lange genug unterdrücken, um ihm hinterherzurufen: „Bäume essen keinen Fisch. Wenn du gebildet wärst, dann wüsstest du das!“

Aber eine Stunde später war er kein Baum mehr und hatte Hunger auf Fisch. Tom war sonstwo, schmollte und aß, während sich Roger mit Äpfeln und Beeren zum Abendbrot begnügen musste. Das sollte ihm eine Lehre sein. „Ich muss besser aufpassen, worüber ich lache. Mist aber auch“, jammerte er.

Kapitel 6
Die beste Party auf dem Planeten

Samstagnacht war Party angesagt im Wald ohne Wiederkehr. Und die Breite Berta organisierte das Fest. Vor dreißig Jahren, am Tag vor ihrer Hochzeit, spielte die Schmale Berta (wie sie damals hieß) mit Andrew, ihrem Liebsten, Verstecken.

„Achtung, ich komme!“, rief Andrew, als er bis hundert gezählt hatte. Aber er fand sie nicht. Die Schmale Berta hatte sich hinter einem Baum im Wald ohne Wiederkehr versteckt. Einmal drin, nie mehr heraus. Das wusste Berta nicht. Was sie auch nicht wusste, war, dass Andrew sie in der falschen Richtung suchte – und zwar immer noch, nach dreißig Jahren.

„Komm raus, komm raus, wo du auch

steckst!" – das hatte man ihn in 23.568 Dörfern auf fünf Kontinenten rufen hören.

Natürlich hatte Berta von alledem nicht die geringste Ahnung. Alles, was sie an jenem schicksalhaften Tag vor dreißig Jahren wusste, war, dass sie nach zehn Stunden Verstecken hinter einem Baum steif und kalt war und sich über Andrew ärgerte, weil er sie nicht gefunden hatte.

Also kam sie hinter ihrem Baum hervor und stellte fest, dass sie in einem Wald war, aus dem es kein Entrinnen gab. „Aber ich heirate morgen", stöhnte sie. Tat sie aber nicht. Weder an jenem „morgen" noch an einem der folgenden 10.000 „morgen".

Und deshalb aß sie,

und aß und aß

und aß und aß und aß.

Vielleicht mit dem Hintergedanken, dass sie sich nach draußen fressen könnte. Durch den Brei, gewissermaßen. Aber auch daraus wurde nichts. Nichts weiter geschah, als dass die Schmale Berta zur Breiten Berta erblühte, die sich wegen ihrer üppigen Samstagnacht-Mahle bei den rastlosen Bewohnern des Waldes ohne Wiederkehr größter Beleibtheit erfreute. Sie aßen, bis sie nicht mehr konnten, und dann aß Berta die Reste.

Kaum war Roger im Wald angekommen, da begannen Bertas Samstagnacht-Mahle sich merklich zu verändern. Nachdem sich jeder mit gebratener Ente, gebratenem Fasan, gebratenem Truthahn, Schweinebraten, Wildbraten, Rinderbraten, Bärenbraten und den Beilagen voll gestopft hatte, nachdem sie sich unterhalten, die alten Lieder gesungen und Erinnerungen über ihr früheres Leben ausgetauscht hatten, kamen Bert der Bauer, Nina die Näherin, Bella die Barfrau, Stefan der Steinmetz, Herta die Herbergsmutter, Georg der Gepäckträger, Karl der Kaufmann, Kurt der Krämer, Tim der Troubadour und Erika die Eisverkäuferin langsam zur Ruhe und verfielen in angespannte Erwartung. Ja, sie warteten.

Worauf warteten sie? Gegen elf Uhr trat Tom aus der Dunkelheit in ihre Mitte. „Sind alle da?“, rief er.

„Ja!“, schallte es zurück.

Tom hielt eine Hand an sein Ohr und lehnte sich nach vorne. „Ich kann euch nicht höööören!“, rief er.

„JAAAAA!“ Dieses Wort klang im Wald ohne Wiederkehr wie tausend Luftballons, aus denen die Luft entweicht.

„Sind wir bereit für Prinz Roger?“, schrie Tom, wobei er seine Stimme einen Ton höher schraubte.

„JAAAA!“, kam es inbrünstig aus den Kehlen der heimatlosen Wanderer.

Tom trat einen Schritt zurück, um alten Freunden zuzunicken und zuzuzwinkern. „Sehe ich heute Abend einige neue Gesichter?“ In der Menge entdeckte er ein unbekanntes Gesicht. „Sir, Sie sehe ich heute zum ersten Mal hier.“

„Ich habe mich vor einer Woche verlaufen“, sagte ein junger, rothaariger Mann, auf dessen Kinn sich die Stoppeln eines frisch gewachsenen Bartes ausbreiteten.

„Vor einer Woche! Ja, was sagen wir denn dazu?" Schelmisch grinste Tom zu seinen altgedienten Kumpeln im Wald ohne Wiederkehr hinüber, die sich schon vor so langer Zeit verirrt hatten, dass ihnen eine Woche wie eine Minute vorkam. Sie lachten, johlten und applaudierten dem Fremden. Mit einer Handbewegung brachte Tom die Menge zum Schweigen.

„Darf ich Sie fragen, wo Sie herkommen, Sir?"

„Aus dem Reich des guten Königs Wihissesdonoch!"

„Ja, was sagt man denn dazu! Das ist der Vater von Prinz Roger!"

Tom ließ seine rechte Faust über dem Kopf kreisen.

„Rog*er*! Rog*er*! Rog*er*!" Während die Leute aus dem Wald ohne Wiederkehr seinen Namen sangen, begannen sie zu kichern, erst zögernd, rasch immer lauter, bis sie schließlich in kräftiges Gelächter ausbrachen. Prinz Roger nahte. Eine halbe Meile ... eine Viertelmeile ... eine Achtelmeile ... dann war er in ihrer Mitte!

Schafe, die viele Meilen entfernt auf ihrer Wiese schliefen, hoben verdutzt ihre Köpfe, als der ferne Klang von Jubel und Lachen zu ihnen drang. Nachzügler kamen aus allen Richtungen gelaufen, gestolpert und gekrabbelt, um schnellstmöglich zu dem Ort zu gelangen, wo ganz offensichtlich die beste Party auf dem Planeten im Gange war.

Fünfzehn Minuten später, als es für Roger klar war, dass die Partygänger dem totalen Zusammenbruch nahe waren, tat er, was er bei jeder Party tat: Er bestäubte sich mit Zauberpulver und verschwand. Und niemand außer Tom ahnte, dass er jetzt die Spinne da oder das Eichhörnchen oder der Baumstumpf oder der Fliegenpilz war oder eines der hundert anderen Tiere, Gemüsepflanzen oder Möbelstücke, in die er sich im Laufe der Jahre im Wald ohne Wiederkehr verwandelt hatte, mit sich und der Welt zufrieden. Die SUCHE war lange vergessen. Seine einzige Sorge war jetzt, den Leuten aus dem Wald ohne Wiederkehr einmal in der Woche für fünfzehn Minuten das Gefühl zu geben, dass sie Glück gehabt hatten, als sie sich verirrten.

Kapitel 7
Abraka...

Daheim im Schloss kochte H. Zacharias Zauber derweil vor lauter Wut, Widerwillen und Warterei. Er tobte und tanzte wie von der Tarantel gestochen und schlummerte schließlich in traumlosem Taumel. Drei Jahre waren vergangen, seit er Roger auf die SUCHE geschickt hatte. Drei Jahre! Und wo war er jetzt, was machte er? Im Wald ohne Wiederkehr spielte er den Partylöwen! Einmal in der Woche guckte der Zauberer in seine Kristallkugel, um zu sehen, ob sich irgendetwas daran geändert hatte. Genauer gesagt, einmal wöchentlich im ersten Jahr, einmal monatlich im zweiten Jahr und zweimal jährlich im dritten Jahr. Und was sah er da in seiner Kristallkugel? Der unverbesserliche Roger machte wieder die alten Mätzchen: Er brachte die Leute so sehr und so oft zum Lachen, dass sie vergaßen, was für ein kümmerliches Leben sie führten. Sie vergaßen, dass sie sich verirrt hatten, im Kreis liefen und nirgendwo ankamen. Und ausgerechnet die waren glücklich! Und Roger war auch glücklich. Nur H. Zacharias Zauber war ganz elend zumute.

Am Ende des ersten Jahres befahl König Wihissesdonoch seinen weisesten und vertrauenswürdigsten Ratgeber in die königlichen Gemächer. „Was göhrst du so Hast von meinem Hohn und seiner SUCHE? Ich meine, was SUCHST du so von meinem Öhr auf der Hasohn gehasst? Ich wollte sagen, was hast du so von meinem Sohn und seiner SUCHE gehört?“

H. Zacharias wollte seinem guten König nicht das Herz brechen, indem er ihm die Wahrheit sagte. „Ich habe nichts zu berichten“, berichtete er.

„Nichts?“

„Nichts.“

Am Ende des zweiten Jahres befahl König Wihissesdonoch seinen treuesten und brillantesten Ratgeber in die königlichen Gemächer. „Was hast du von seinem Mohn gehört und seinem KUCHEN? Nein, was söchst du meinen Mohr geheuert? Was sühnst du seine Sahne, Summelsurium? Nein, das ist falsch –“

Auf eine so lange Frage hatte H. Zacharias Zauber eine kurze, traurige Antwort: „Gar nichts.“

„War nichts?“

„Nichts, Euer Hoheit.“

„Nichts? Ich röhre wohl nicht Hecht?“

Am Ende des dritten Jahres hatte König Wihissesdonoch das Vertrauen in seinen alten Freund verloren.

H. Zacharias schlich sich aus der Unterredung davon. Was hätte der arme Mann auch sagen können? An diesem Morgen hatte er wieder in seine Kristallkugel geguckt. Roger hatte sich in einen Bären verwandelt und jagte Tom auf einen Baum. Tom brach Zweige von dem Baum und bewarf Roger damit. Der kriegte die Zweige mit den Zähnen zu fassen, nagte die Rinde ab und brüllte: „Mehr!“ So benimmt sich ganz und gar kein Prinz, der auf der SUCHE ist, dachte der große Zauberer.

Er hatte Roger in den Wald ohne Wiederkehr geschickt in der Hoffnung, dass Roger hier langsam zum Mann reifen würde und sich einen Weg nach draußen ausdenken würde. Guter Witz. Aber H. Zacharias konnte nicht darüber lachen, es war zu schmerzhaft. Besonders wenn er an die Tradition der SUCHE dachte, die *Erhabenheit* der SUCHE: zehntausende solcher SUCHEN, im Laufe der Jahrhunderte, bei denen Könige, Prinzen, Ritter und halbe Kinder ihren Mut und ihre Heldenhaftigkeit unter Beweis gestellt hatten – im Kampf mit Drachen, vielköpfigen Ungeheuern, Seeschlangen, Menschenfressern, Hexen, Zauberern ...

Nun, hier war so ein Zauberer ... H. Zacharias Zauber! Hilflos, gedemütigt. Von niemand anderem als dem geliebten Sohn seines geliebten Königs! H. Zacharias runzelte die Stirn, er kochte innerlich, er schmollte, er grollte. Er gab der Katze einen Tritt. Die Katze kratzte ihn. Der Kratzer entzündete sich. H. Zacharias musste das Bett hüten. Das Fieber stieg. Seine Kräfte schwanden. Sein Lebenswille schwand. Er schwebte zwischen Leben und Tod und versuchte in seinem Fieberwahn vergeblich sich an die Zauberformel gegen entzündete Kratzer zu erinnern. Er konnte sich gerade noch an „Abraka–“ erinnern, aber dann nichts weiter. „Abrakawas? Abrakawer? Abrakawasistdas? Abrakawihissesdonoch?“

Dass er so dachte wie der König, gab ihm das Gefühl, der König zu sein, und so weinte er um seinen verschollenen Sohn Roger.

Sieben Tage und Nächte stieg und fiel das Fieber und stieg wieder. Er weinte, er schlief, er wachte auf, er sagte: „Abra-abra-ka-abrakairgendwas –“ Aber der letzte Teil der Zauberformel

wollte einfach nicht kommen. Und wenn doch, dann direkt vor dem Einschlafen, bevor er die letzte Silbe aussprechen konnte, die ihn wieder gesund gemacht hätte: „Abrakadab –"

Er verfiel in einen langen, ruhelosen, wilden Schlaf. Und erwachte schwach und müde, ohne den kleinsten Schimmer, wie er den Zauberspruch zu Ende bringen sollte. „Abrakadies-abrakadas-abrakarauf-abrakarunter-abrakaraus-abrakarein-abrakaichwünschteichwärtot." Und fast war er das auch. So nahe war er daran.

Eines Tages kam König Wihissesdonoch zu Besuch. „Ich kröre, du bist Hank!", sagte er ziemlich aufgeregt. „Ich schabe Mohn seinen Hohn verloren. Ich nill Wicht fauch doch nich

erlieren!“, rief er, zu fassungslos, um seine Sätze zu entwirren. „Zauberspruch gibt’s keinen, Duden sagen kannst? Arznei? So wag doch sas! Bradaka abra? Du *weißt* schon!“

Und H. Zacharias wusste es wirklich! Auf seine dumme, sinnlose Art hatte der König ihn daran erinnert. Klar, er hatte es rückwärts gesagt, na und?

„Abrakadabra!“, keuchte H. Zacharias Zauber mit seinem letzten Atem, seinem letzten bisschen Verstand, mit letzter schwindender Kraft. Und dann, Sekunden später, war er wieder ganz der Alte. Und mächtig sauer auf Roger!

Kapitel 8
Die Rache des Zauberers

Als Roger aufwachte, hörte er in der Ferne Tom kichern. Tom lebte eine gute Meile entfernt im tiefen Wald, in genau so einer kleinen Schilfhütte wie derjenigen, in der Roger wohnte. Tom hatte für Roger eine Hütte gebaut und dann eine für sich selbst, fast eine Meile „außer Reichweite des Gelächters", wie Tom zu sagen pflegte. Jeden Morgen nach dem Aufstehen stopfte Tom einen Sack mit Eiern, Obst und Beerenfrüchten voll für Roger und sich selbst, und dann machte er sich auf den Weg, um – stapf stapf stapf – durch den Wald zur Hütte des jungen Prinzen zu stapfen.

Da er von edler Geburt war, schlief Roger länger als Tom und hätte vielleicht den ganzen Tag verschlafen, wenn ihn nicht das nahende Kichern geweckt hätte. Toms Kichern war Rogers Weckdienst. Bevor es zu einem außer Kontrolle geratenen Brüllen anschwellen konnte, war Roger auch schon aus dem Strohbett, benetzte drei, vier Stellen seines Körpers mit Wasser aus einer kalten Quelle und kletterte in dieselben alten Klamotten, die er seit seiner Ankunft im Wald ohne Wiederkehr trug.

Für gewöhnlich holte Roger nach dem Aufstehen den Beutel mit Zauberpulver hervor, bestäubte sich und verwandelte sich in etwas Sicheres und Schlichtes, das weder Tom noch irgendjemandem sonst ein Lachen entlocken konnte. Aber heute Morgen war das anders. Heute Morgen stellte Roger mit

Schrecken fest, dass sein Beutel mit Zauberpulver halb leer war.

Irgendetwas stimmte hier nicht. Egal wie viel Zauberpulver Roger sonst am Vortag verbraucht hatte, am nächsten Morgen fand er seinen Beutel immer voll vor. Weil das Zauberei und weil er ein Prinz war, ging Roger davon aus, dass er sein Pulver nie aufbrauchen würde.

Tom kam näher und lachte lauter. Inzwischen hätte Roger schon lange eine Kuh oder eine Schlange sein sollen. Aber das war er nicht. Das konnte er nicht. Er war zu verdutzt über den geschrumpften Vorrat an Zauberpulver, um sich zu rühren. „Was hat das zu bedeuten?", dachte er, sein erster Gedanke seit langem. Das letzte Mal, dass er so etwas wie Nachdenken getan hatte, war, als er ein Baum war und Tom einen Ast auf den Kopf fallen ließ. Über den Tag verteilt war Denken ganz unten auf seiner Liste. Warum denken, wenn man spielen konnte?

„*Ha-ha-ha-ha-ha.*" Toms Lachen war schon ganz nahe. Roger tat nichts. Er stand da wie angewurzelt, starrte blöde in den halb leeren Beutel mit Zauberpulver und sagte immer wieder zu sich selbst: „Was hat das zu bedeuten?"

Ich darf Roger nicht sagen, was es bedeutet, denn damit würde ich mich in die Geschichte einmischen. Aber ich sehe keinen Grund, warum ich es euch nicht erzählen sollte. H. Zacharias Zauber nahm Rache. Er hatte nicht die ganze Krankheit und die Demütigung über sich ergehen lassen, um Roger dann ungeschoren davonkommen zu lassen. Und so gelangte er zu dem Schluss, dass das Schlimmste, was er tun konnte – was zugleich das Beste war, was er tun konnte –, darin bestand, dass er Roger seinen Beutel mit Zauberpulver wegnahm. Auf diese Weise würde Roger die Strafe erhalten, die er verdiente. Und er würde, ob er es wollte oder nicht, gezwungen sein, nicht weiter herumzutrödeln, sondern mit seiner SUCHE voranzukommen. So erklärt sich die Klemme, in der sich Roger jetzt befand.

„*Ha-ha-ha*!“, brüllte Tom. „Ich bin im Begriff *ha-ha-ha* mich totzulachen *ha-ha-ha*. Du solltest *ha-ha-ha* echt *ha-ha-ha* was unternehmen.“

Erst da fiel Roger wieder ein, was er in einem solchen Moment eigentlich tun müsste. Sehr behutsam streute er zehn Flocken des restlichen Zauberpulvers über sich. Er wurde augenblicklich in eine Kröte verwandelt. Tom hörte augenblicklich auf zu lachen.

„Was bin ich?“, fragte Roger Tom. Da er in dem, worin er sich gerade verwandelt hatte, drinsteckte – was immer es sein mochte –, konnte er nicht wissen, zu was er geworden war.

„Eine Kröte“, sagte Tom.

„Mist! Mist! Mist!“, sagte Roger. „Ich hatte gehofft, ich würde mich in etwas Kluges verwandeln, das denken kann. Eine weise alte Eule, zum Beispiel.“

„Warum sollte man an so einem schönen Tag grübeln?“ Nun erzählte Roger ihm von dem Zauberpulver. „Was soll ich bloß tun?“, fragte Roger seinen Freund.

„*Was* sollst du bloß tun? Was *sollst* du bloß tun? Was sollst *du* bloß tun? Was sollst du *bloß* tun? Was sollst du bloß *tun*?“ Als Tom die Möglichkeiten zum Wiederholen ausgegangen waren, schaute er in den Himmel hinauf, als ob der ihm sagen könnte, was Roger tun sollte.

Zehn Minuten später schaute er wieder herunter. „*Ich* weiß", sagte er mit einem missmutigen Grinsen. Wenn Tom Roger gegenüber im Vorteil war, dann ließ er ihn das gerne spüren.

„Was denn? *Was?*",wollte Roger wissen.

Tom runzelte die Stirn, spitzte die Lippen und legte den Zeigefinger an sein Kinn. „Du musst eine Entscheidung treffen!"

„Eine Entscheidung?", stöhnte Roger. „Aber ich habe noch nie eine Entscheidung getroffen."

„Es gibt immer ein erstes Mal."

„Ich *musste* noch nie eine Entscheidung treffen."

„Sieh es als eine Herausforderung", sagte Tom mit spitzen Lippen.

„Wie macht man so etwas?", fragte Roger.

Tom wollte etwas sagen und hielt inne. Dann wollte er etwas anderes sagen und hielt wieder inne. Und dann, obwohl er nicht wusste, was er sagen wollte, sagte er es trotzdem. „Na ja, man – man berücksichtigt alle – man denkt erst so und dann so – man macht eine Liste – man wägt die Möglichkeiten ab –" Tom verstummte. „Ich bin ein einfacher Mann", sagte er schließlich. „Ich musste auch nie eine Entscheidung treffen. Leute wie du treffen sie gewöhnlich für mich."

„Und wenn ich eine treffe und die ist falsch?"

„Ich bin kein Fachmann, aber wenn es mit einer Entscheidung nicht klappt, schätze ich, muss man eine neue treffen."

„Eine *zweite* Entscheidung?", schrie Roger voller Entsetzen.

„Ich bin kein Fachmann, aber ich schätze, man trifft so lange Entscheidungen, bis man zu der kommt, die funktioniert."

„Das könnte *Jahre* dauern!“, sagte Roger die Kröte.

„Das ist ein weiterer Grund, warum ich keine treffe.“

„Und wenn ich keine treffe, was passiert dann?“

Tom kicherte. „Dann geht dir das Zauberpulver aus.“

„Und was *dann*?“

„Jeder wird sich totlachen, ich eingeschlossen.“ Tom begann schon mal etwas zu lachen.

„Also habe ich keine Wahl, oder?“

Tom hörte auf zu lachen. „Tut mir Leid, aber das ist zu hoch für mich. So viel Denken bin ich nicht gewohnt.“

„Ich bin erschöpft“, sagte Roger.

Tom nickte. „Das sind wir beide.“

Die beiden Freunde, Mann und Kröte, schlossen die Augen. Roger versuchte nachzudenken. Währenddessen übte Tom seine Stirn zu runzeln und die Lippen zu spitzen.

Kapitel 9
Weg vom Wald ohne Wiederkehr

Nachdem er eine Woche nachgedacht hatte, ohne weiterzukommen, beschloss Roger, dass er weiterkommen musste. Und dieses Weiter war raus aus dem Wald ohne Wiederkehr. Wenn er das nämlich nicht schaffte, würden seine lieben Freunde, und unter ihnen sein bester Freund auf der ganzen Welt, sich totlachen, sobald ihm das Zauberpulver ausging. Und bis zu diesem Moment waren es nur noch ein oder zwei Tage. Also dachte sich Roger eine Botschaft aus und drängte Tom sie auswendig zu lernen, damit er sie ihren Freunden vortragen konnte.

„Ich habe eine Entscheidung zu treffen", verkündete Tom den versammelten Waldbewohnern und wiederholte Wort für Wort, was Roger formuliert hatte. „Ich muss allein sein, um meine Entscheidung zu treffen. Ich kann euch nicht wiedersehen, bevor ich meine Entscheidung getroffen habe. Bitte geht tief in den Wald ohne Wiederkehr, mindestens eine Meile. Kommt nicht zurück, ehe Tom sagt, dass es okay ist. Ich werde Tom sagen, wenn es okay ist, und er wird es euch sagen. Er wird es erfahren, sobald ich es weiß, und dann werdet ihr es erfahren. Es tut mir Leid wegen der Unannehmlichkeiten. Seid mir bitte nicht böse, das könnt ihr ja sowieso nicht. Gezeichnet: Euer Freund, Roger."

Roger konnte sich nicht erinnern, jemals zuvor einsamer gewesen zu sein, nicht einmal damals im Turm. Er setzte sich an das Ufer eines Baches und starrte auf seine Füße im Wasser. Er versuchte wirklich zu einer Entscheidung zu kommen, aber alles, was ihm einfiel, war, wie komisch seine Zehen unter Wasser aussahen, wie zehn kleine Würmer in einer Reihe.

Er dachte stundenlang über seine Zehen nach, wie dumm Zehen doch aussehen, der kleine Zeh noch dümmer als die andern, als wäre er nachträglich am Fuß befestigt worden. Wenn sein kleiner Zeh an der gegenüber liegenden Seite des Fußes säße, würde er dann nicht ganz so dumm aussehen? Darüber grübelte er nach. Wenn die Zehen in umgekehrter Reihenfolge an seinem Fuß säßen, würde er dann rückwärts laufen? Auch darüber dachte er nach. Und dann fragte er sich, wenn er rückwärts ginge, ob es dann wohl möglich wäre, so aus dem Wald ohne Wiederkehr herauszugehen?

„Wenn ich vorwärts gehe, komme ich immer tiefer in den Wald ohne Wiederkehr. Wenn ich also rückwärts gehe, warum sollte dann nicht das Gegenteil der Fall sein?“ Und ohne dass er wusste, wie er dazu gekommen war – und ganz gewiss, ohne

dass er es so geplant hätte –, wurde Roger plötzlich klar, dass er eben eine Entscheidung getroffen hatte. Seine allererste.

Er nahm seine Füße aus dem Wasser und schüttelte sie trocken. Dann zog er seine Stiefel an und machte einen Schritt nach hinten. Dann einen zweiten Schritt. Dann einen dritten. Er war versucht hinter sich zu gucken, um zu sehen, wo er hinging, aber dann traf er eine zweite Entscheidung, die lautete: Nein. Den Rest des Tages ging er rückwärts. Und den ganzen nächsten und den ganzen übernächsten und den ganzen überübernächsten Tag.

Und am Ende des fünften Tages bemerkte er, während er rückwärts schritt, dass seine Füße nicht länger auf Gras, sondern auf Fels liefen. „Fels?“, dachte er, aber er blickte nicht zurück. Er schaute vor sich hin. Die Strecke, die er gerade zurückgelegt hatte, glänzte im Sonnenlicht. Ungefiltertes Sonnenlicht, wie er es seit Jahren nicht gesehen hatte. Keine Bäume, die einen Schatten warfen, kein Gestrüpp, keine Dornenzweige, keine Blumen, kein gewölbter Baldachin aus dicken, muffig riechenden Kiefern.

Keine Pflanzen! Nirgendwo Pflanzen! „Sollte ich mich umsehen?“, dachte er. Besser nicht.

Stattdessen schritt er weiter rückwärts. Unbarmherzig brannte die Sonne auf ihn nieder und das war er nicht gewohnt. Er hatte drei Jahre lang im Schatten gelebt.

Er versuchte einen Überblick über seine neue Umgebung zu bekommen, was nicht leicht ist, wenn man rückwärts läuft. Denn wenn man sich nicht darauf konzentriert, was man tut, verliert man das Gleichgewicht und fällt hin. Versucht es doch selbst, wenn ihr mir nicht glaubt.

Roger versuchte es und es war schwierig. Einige Male wäre er beinahe hingefallen. Also hielt er für einen Moment an und riskierte einen Blick. Einmal zur Seite gelugt und ein klitzekleines Mal nach hinten geblinzelt. Das Gleiche noch einmal, dann ein Schritt zurück. Und so weiter. Bis er eine recht gute Vorstellung davon hatte, wo er war. Nirgends.

Er stand mitten im Nichts. Nichts zu sehen außer Fels. Flacher grauer Fels. Flacher brauner Fels. Und während er weiter rückwärts lief, dachte er: „Das ist echt ein Witz. Ich bin vom Wald ohne Wiederkehr auf den Fels ohne Wiederkehr geraten. Ob ich meine Freunde wohl jemals wiedersehen werde?“

Wäre da irgendjemand zu sehen gewesen, dann hätte er ihn auch gesehen, denn wohin er auch guckte, alles war flach, es war weit, es war Fels. Es gab nichts zu sehen. Keinen Menschen, kein Schloss, keine Hütte, keinen Baum, keinen Busch, keinen Vogel.

Nur Steine und noch mehr Steine. Platt, so weit das Auge sehen konnte. Anscheinend in jeder Richtung, doch da war Roger nicht sicher, er hätte sich umdrehen müssen, um sicher zu sein. Und das traute er sich nicht. Wenn er sich umdrehte, um zu gucken, so befürchtete er, würde er sich im Wald ohne Wiederkehr wiederfinden.

Das ergab zwar keinen Sinn, aber er glaubte es trotzdem. Egal was ihm seine Augen sagten, er glaubte, dass hinter ihm immer noch Wald war. Aus dem er sich nur so lange heraushalten konnte, wie er rückwärts ging. Und das tat er den Rest des Tages, bis weit in die Nacht, obwohl er schwach und hungrig war und nichts lieber getan hätte, als sich auf der letzten Felsplatte, die er gerade betreten hatte, schlafen zu legen.

Doch das tat er nicht. Er konnte es nicht. Es wurde Nacht. Und mächtig kühl. Roger war nicht nur müde, schwach und hungrig, ihm war bitter kalt. Seine Zähne klapperten. Das fand er lustig, seine Zähne hatten noch niemals zuvor geklappert. Er lauschte dem Rhythmus seiner Zähne und vergaß darüber, wie kalt ihm war: schnell, dann langsam, dann Rhythmuswechsel. Rogers ganzer Körper und besonders seine Zähne begannen sich wie ein Musikinstrument anzufühlen. Tickaticktick tick aticketi-tick-tick.

Schneller. Langsamer. Mal so, mal so. Ticktick ticketi-tick. Das machte Spaß! Roger war mitten dabei, ein schnelles Stück für ein kleines Zahnorchester zu komponieren – das klang wirklich spannend! –, als er rückwärts über eine Felskante marschierte und in die Tiefe fiel.

Er lachte eine Stunde lang. Und warum auch nicht? Er lebte! Hilflos baumelte

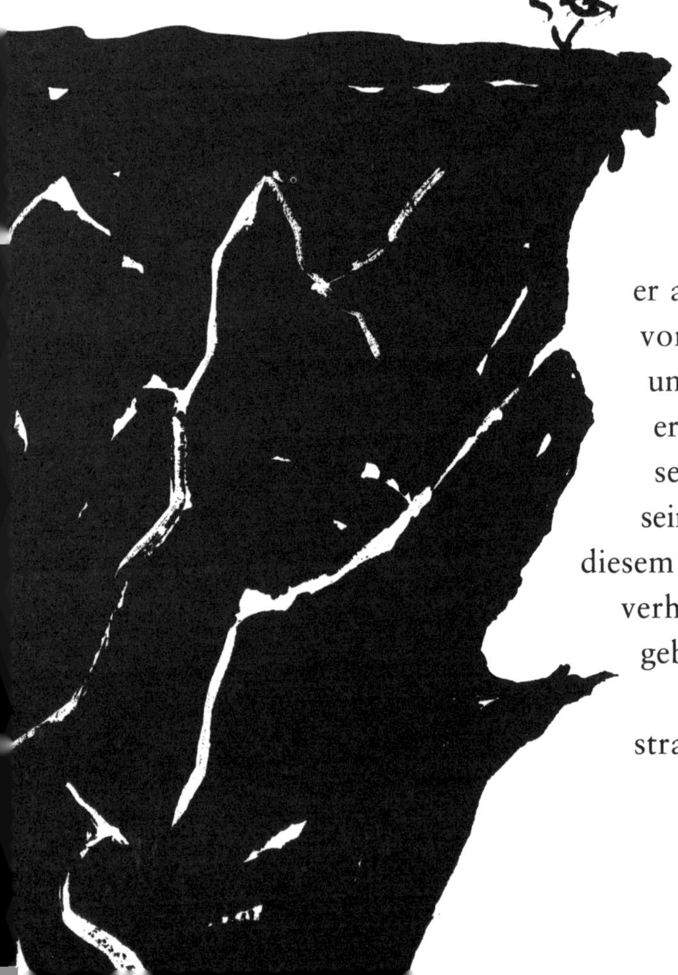

er an einem schmalen Felsvorsprung dreißig Meter unter dem Kliff, von dem er gerade gefallen war. Zu seinem Glück hatte sich sein wehender Umhang an diesem lebensrettenden Felsen verhakt und so seinen Fall gebremst.

Sonst wäre es schnurstracks abwärts gegangen

bis ganz nach unten – platsch! – wie bei Wile E. Coyote. Nur dass er in der nächsten Szene nicht mehr am Leben gewesen wäre, denn dies ist ein Buch, kein Zeichentrickfilm, und deswegen muss es hier etwas realistischer zugehen.

Er schwang hin und her im leeren Raum, mit einem Rhythmus, der im Gegensatz stand zu seinem Zähneklappern.

Hin und her, vor und zurück baumelte der Körper und es klapperten die Zähne.

In der finsteren Nacht, im Ungewissen darüber, wo er war – wie hoch, wie tief? –, fühlte sich Roger auf seltsame Weise geborgen, wie ein Kind in der Wiege. Gut, er war erschöpft; und gut, sein Leben hing an einem Faden. Trotzdem schlief er ein, mit einem Lächeln auf den Lippen.

Kapitel 10
Lady Sadie

„Du da unten! Ja, ich spreche mit dir!“

Genau so wurde Roger geweckt. Von einer Frau namens Lady Sadie, die nicht besonders schön war und die beim Reden kein Blatt vor den Mund nahm. Sie stand am Rande des Abgrunds

und beobachtete den wunderschönen Sonnenaufgang (den Roger ganz und gar verpasste, weil er in tiefem Schlummer hing).

Lady Sadie stand bei der mutmaßlich schönen Prinzessin Petulia in Diensten. *Mutmaßlich* ist ein juristischer Fachausdruck. Er wird von Rechtsanwälten benutzt: der mutmaßliche Bankräuber, der mutmaßliche Diamantenschmuggler, der mutmaßliche Straßenräuber. Das bedeutet, dass bestimmte Leute etwas für wahr halten, obwohl es noch keiner bewiesen hat. Niemand konnte beweisen, dass Prinzessin Petulia schön war, denn niemand hatte sie aus der Nähe gesehen, seitdem sie ein Baby war. Sie trug immer einen Schleier. Wenn man ihr den Schleier abnähme, so hieß es, käme eine so außergewöhnliche Schönheit zum Vorschein, dass ihr Anblick Menschen zu Stein erstarren ließe. Aber niemand hatte wirklich diese Petulia hinter ihrem Schleier gesehen. Also sprach zwar jeder in ihrem Königreich und weit darüber hinaus von ihrer Schönheit, die Menschen lähmte, aber es gab keinen Beweis dafür.

Warum erzähle ich das jetzt, wo Roger mitten in der Luft baumelt und ich überhaupt noch nicht so weit bin in meiner Geschichte? Ich wollte wohl erklären, warum Petulia eine *mutmaßliche* Schönheit war. Und ich hoffe, das ist mir gelungen. Wo war ich stehen geblieben? Ach ja, Roger wachte auf, weil eine komische Frau ihn von oben anrief, während er am Zipfel seines Umhangs über dem Abgrund hing.

Roger brauchte nur einen Augenblick, um zu erkennen, in welcher Gefahr er schwebte. Als er rückwärts über die Felskante marschierte, war es dunkel gewesen. Daher konnte er weder sehen, wie weit er gefallen war, noch, wie weit er noch fallen konnte. Im Übrigen war er viel zu müde gewesen, sich darüber Sorgen zu machen. Aber jetzt, nachdem er eine gute Nacht darüber (und darunter) geschlafen hatte, war er wach genug, um zu verstehen, in welcher Klemme er steckte.

Seht selbst, in welcher Klemme er steckt.

Der nicht besonders schönen Lady Sadie, die beim Reden kein Blatt vor den Mund nahm, war Rogers Klemme so egal wie nur was. Sie hatte genug eigene Probleme. Ihr augenblickliches Problem bestand darin, dass ein atemberaubend schönes Halsband, das die (mutmaßlich) atemberaubend schöne Prinzessin ihr geschenkt hatte, ihr hinuntergefallen war, als sie am Abhang stand und den Sonnenaufgang bewunderte. Es war von der Klippe gefallen und auf Rogers Hals gelandet. Und da hing es nun, während er baumelte. Hin und her, vor und zurück. „Gib mir mein Halsband und du bist mich los!“, rief Lady Sadie.

„Das täte ich ja gern, aber ich kann nicht!“, antwortete Roger. „Ich bin nämlich über einen Felsvorsprung gefallen und komme nicht wieder hoch.“

„Eine *sehr* wahrscheinliche Geschichte.“ Lady Sadie rümpfte die Nase.

„Mag sein, aber dafür kann ich nichts.“

Er hatte natürlich recht. Es ist *meine* Schuld. Und nachdem ich ihn in diesen Schlamassel gebracht habe, habe ich Lady Sadie in die Geschichte gebracht, damit sie ihm da raushilft. Nicht dass sie etwa das geringste Interesse daran gehabt hätte, Roger zu retten. Aber sie wollte ihr Halsband zurück.

Vor vielen Jahren, bevor sie eine Dame wurde, hatte Lady Sadie im Zirkus als Drahtseilakrobatin gearbeitet. Obwohl sie dann viel höher aufgestiegen war im Leben – Zofe bei einer atemberaubend schönen Prinzessin –, nahm sie ihr Drahtseil doch überall mit hin. Ein, zwei flinke Handbewegungen, und sie hatte ein Ende des Drahtseils fachgerecht an einen Felsbrocken oben am Abhang geknotet und das andere Ende zu Roger hinuntergelassen. „Binde mein Halsband an das Seil, dann kann ich es hochziehen!“, rief sie.

„Ich werde mich selbst an das Seil binden und dann kannst du uns beide hochziehen!“, rief Roger nach oben.

„Warum tust du nicht einfach, was ich dir sage?“, fragte Lady Sadie ungeduldig.

„Warum sollte ich dir dein Halsband geben, wenn du mich nicht raufziehst?“

„Und warum willst du mir nicht mein Halsband geben, das dir gar nicht gehört?“

„*Du* hast es schließlich fallen lassen!“, erwiderte Roger.

„Wie kann es dir Vergnügen bereiten, mein Halsband zu tragen, während du an einem Felsvorsprung hängst?“, argumentierte Lady Sadie. „Warum muss mit Männern immer alles so kompliziert sein?“

„Ich glaube gar nicht, dass dir an deinem Halsband so viel gelegen ist, wie du behauptest. Sonst hättest du mich schon lange nach oben gezogen.“

„Natürlich will ich es! Es gehört mir!“ Trotzige Tränen schossen Lady Sadie in die Augen.

„Aber ich trage es. Also gehört es mir.“ Niemals vorher hatte man Roger so entschlossen gesehen.

„Aber wenn du es am Ende des Seils festbindest, wird es wieder mir gehören!“, schrie Lady Sadie.

„Es wird dir nur dann wieder gehören, wenn ich mich *und* das Halsband am Seil festbinde!“

„Du und das Halsband zusammen, ihr seid zu schwer. Schick erst das Halsband hoch und *dann* werde ich versuchen dich hochzuziehen."

Roger war sich nicht klar darüber, dass er zum ersten Mal in seinem Leben verhandelte. Da er von königlichem Geblüt war, brauchte er nicht zu verhandeln; er kriegte einfach alles, was er wollte. Aber er lernte schnell: Wenn man etwas hat, was ein anderer will, ein Halsband etwa, und der andere hat etwas, was man selber gern hätte, zum Beispiel ein Seil, dann verhandelt man hin und her, bis man zu einer Einigung kommt.

Lady Sadie war eine zähe Verhandlungspartnerin, aber Roger hatte die besseren Karten. Sie riskierte ihr Halsband zu verlieren, er riskierte jeden Augenblick kopfüber zum Grund der Schlucht zu sausen. Also schacherte er um sein Leben. Trotz alledem war es später Nachmittag, bis sie endlich nachgab. Und keineswegs gutwillig.

Während sie am Seil zog und Roger an der Felswand hochkraxelte, murmelte sie vor sich hin: „Die uneinsichtigste, nervtötendste, unangenehmste Person, die ich jemals das Pech hatte kennen zu lernen. Ist er erst einmal oben, greif ich mir das Halsband und schubse ihn wieder runter." Das meinte sie natürlich nicht ernst, sie ärgerte sich nur, dass sie verloren hatte. Und geärgert hat sie sich bis zum allerletzten Stückchen Seil, bis Roger und sie einander gegenüberstanden. Da brach sie in Gelächter aus und hörte nicht eher auf zu lachen, bis Roger sein Zauberpulver einfiel und er eine kleine Prise von dem, was ihm noch geblieben war, über sich ausstreute.

Kaum hatte sie aufgehört zu lachen, sah sich Lady Sadie um, aber da war kein Roger. „Du schämst dich wohl, dich in der Öffentlichkeit zu zeigen!", rief sie gen Himmel. Dann nahm sie ihr Halsband dem süßen Labradorhund vom Hals, der mit wedelndem Schwanz vor ihr saß, und stolzierte zwischen den Felsen davon.

Kapitel 11
Der Felsgrund der Fiesheit

Felsen. Kleine Felsen. Große Felsen. Mittelgroße Felsen. Nichts als Felsen, so weit das Auge reichte. In einer Richtung reichte das Auge genau bis zu jener Klippe, über die Roger gefallen war. Auf der anderen Seite der Felsenschlucht stand, eine knappe halbe Meile entfernt, ein anderer Berg. Noch mehr Felsbrocken, große, kleine, mittlere. Und danach ein Abgrund, wieder eine Schlucht, wieder ein Berg und noch mehr Felsen. Kein Wunder, dass diese Gegend der Felsgrund der Fiesheit hieß. Wer einmal darin war, kam nicht mehr heraus. Außer man war zufällig ein Vogel. Aber kein Vogel verirrte sich in den Felsgrund der Fiesheit. Weil sich Vögel nicht von Steinen ernähren können. Keine Bäume, keine Felder, keine Flüsse, kein Pflanzenwuchs. Nur Felsbrocken.

Menschen können sich ebenso wenig von Steinen ernähren wie Vögel. Roger war hungrig. Zehn Tage im Felsgrund der Fiesheit und er hatte Gewicht verloren, er hatte Farbe verloren, er war grau geworden. Er sah aus wie eine lange Felsnadel. Das tat zwar seiner guten Laune keinen Abbruch, verringerte aber seinen Wirkungsbereich. Das heißt, er konnte sich Lady Sadie bis auf dreißig Meter nähern, ohne sie zum Lachen zu bringen. Oder auch nur zum Lächeln. Noch ein paar Meter und sie wäre in seinen Bann geraten, oder was ihm davon noch blieb in seinem ausgehungerten Zustand. Aber jetzt lag sie im Schatten eines großen Felsbrockens und kaute auf einem kleinen Felsbrocken herum. Sehr nahrhaft! Sie hatte keine Ahnung, dass Roger da war, sonst hätte sie nicht so geredet – nämlich mit dem Felsbrocken, auf dem sie herumkaute. „Du bist nicht halb so lecker wie der Felsen, an dem ich gestern geknabbert habe. Das war der beste bisher! Kühl wie der Morgentau. Nicht dass du der schlechteste Felsbrocken wärst, an dem ich je genagt habe, aber ich nehme kein Blatt vor den Mund und daher muss ich dir sagen, dass du niemals irgendwen darüber hinwegtäuschen wirst, dass du kein Fels der Handelsklasse A bist."

„Lady Sadie!“, rief Roger aus einer Entfernung von genau dreißig Metern. „Wir müssen hier weg oder wir werden sterben!“

„Ich unterhalte mich nicht gern, wenn ich beim Essen bin!“, raunzte Lady Sadie. Aber sie war nicht wirklich beim Essen und nach einem kurzen Moment hatte sie das begriffen. „Da bist du also! Warum stehst du da hinten? Wo hast du dich rumgetrieben? Hast du Angst, dass ich dich fresse?“ Sie warf den Felsbrocken, an dem sie knabberte, fort. Und zwar nach Roger, aber sie verpasste ihn.

„Ich habe mich nicht rumgetrieben. Ich war der Labrador-Welpe – und wenn ich einen Schritt näher komme, musst du lachen“, sagte Roger.

„Dass ich nicht lache!“, schnaubte Lady Sadie.

„Keine Sorge“, sagte Roger, „es passiert nichts, es sei denn, ich komme näher. Und das wäre keine gute Idee, denn wie sollen wir darüber reden, wie wir hier rauskommen, wenn du die ganze Zeit lachen musst?“

„Du bist nicht der Einzige, der hier raus muss“, sagte Lady Sadie.

„Sicher, aber du musst nur deswegen raus, weil du überleben willst. Ich muss hier raus, weil ich auf der SUCHE bin.“

„Ich muss hier raus, weil ich einen Ritter oder einen Prinzen oder so jemanden finden muss, der meine Prinzessin errettet, Prinzessin Petulia, die atemberaubend schön ist und die von einem Riesen geraubt worden ist.“

„Das hört sich ja nach einer echten SUCHE an!“, sagte

Roger, ganz erstaunt darüber, dass eine andere SUCHE zur gleichen Zeit im Gange war wie seine eigene.

„Bist du ein Ritter?", fragte Lady Sadie.

„Nein", sagte Roger.

„Bist du etwa ein Prinz?" Lady Sadie wusste, dass er keiner war.

„Ja, ich bin ein Prinz."

„Bist du nicht."

„Bin ich wohl", beharrte Roger.

„Du meinst, wenn du ein kleiner Labrador bist? Komm her, Prinz. Guter Hund, Prinz. Sitz, Prinz. Mach Männchen. So eine Art von Prinz? Nein danke", knurrte Lady Sadie.

„Ich bin als Prinz geboren und werde als Prinz sterben. Ich habe in der letzten Zeit nur eine Pechsträhne gehabt. Ich heiße Roger."

„Der Prinz, der alle zum Lachen bringt?"

„Das bin ich."

„Mich bringst du nicht zum Lachen. Ich glaube, du lügst."

„Wenn ich näher käme, würdest du lachen."

„Würde ich nicht."

„Würdest du wohl." Und Roger trat näher und Lady Sadie lachte. „Du hast gelacht", sagte Roger.

„Ich habe über die lächerliche Idee gelacht, dass du ein Prinz sein könntest. Deswegen habe ich gelacht. Aus keinem anderen Grund, glaub das bloß nicht."

Roger seufzte. „Ich habe noch nie jemanden gekannt, der mir so oft widersprochen hat."

„Ich widerspreche nicht", widersprach Lady Sadie. „Ich nehme nur kein Blatt vor den Mund. Ich bin nicht besonders schön auf die Welt gekommen und wurde dazu erzogen, zu sagen, was ich denke. Wäre ich hübsch auf die Welt gekommen, so wie Prinzessin Petulia, würde ich es in der Welt zu etwas bringen, ohne geradeheraus zu sein. Bin ich aber nicht und deshalb kann ich nicht und will ich nicht."

Roger betrachtete Lady Sadie von der Seite. „Eigentlich bist du irgendwie – öh – hübsch."

„Ich bin nicht besonders schön, und untersteh dich mir etwas anderes zu erzählen." In ihrer direkten Art warf Lady Sadie Roger einen funkelnden Blick zu, aber dieses eine Mal widersprach sie ihm nicht. Roger war dankbar für ihr Schweigen. Als sie wieder redete, war ihr Ton anders und ihre Art auch. Beide waren sanfter. „In einem bestimmten Licht kann ich ganz hübsch aussehen. Warte mal einen Augenblick." Und sie prüfte den Himmel und den Stand der Sonne und die Länge der Schatten, die die zerklüfteten Felsen warfen. „Ja, zu dieser Tageszeit und bei diesem Licht sehe ich einigermaßen hübsch aus. Hübsch für meine Verhält-

nisse, heißt das. Fast. Nicht ganz. Da – jetzt ist das Licht weg. Ist vielleicht auch besser so, jetzt sehe ich wieder wie ich aus. Nicht besonders schön."

Roger sah keinen Unterschied zwischen dem Licht jetzt und dem Licht eine Minute vorher.

„Ich finde, du siehst absolut in Ordnung aus", sagte Roger.

„Ich habe keine Lust über mein Aussehen zu diskutieren. Du findest also, ich sehe absolut in Ordnung aus?"

„Absolut."

„*Nicht* nicht besonders schön?"

„So würde ich es nicht ausdrücken."

„‚Absolut in Ordnung'. Würdest du es so ausdrücken?"

„‚Absolut in Ordnung' ist korrekt", sagte Roger.

Lady Sadie runzelte die Stirn. „Ich bin nicht sicher, ob es nicht besser ist, ganz und gar ‚nicht besonders schön' auszusehen als bloß ‚absolut in Ordnung'." Alle Sanftheit, die Roger eben noch bemerkt hatte, war weg. Wie durch Zauberei. So wie er sich in den kleinen Labrador verwandelt hatte.

Roger seufzte. „Wir sollten besser darüber reden, wie wir hier rauskommen."

Kapitel 12

Abschied vom Felsgrund der Fiesheit

Wie lange kann man Felsen lutschen, ohne den Mut zu verlieren? Nicht lange. Zwei Wochen im Felsgrund der Fiesheit, und Roger und Lady Sadie waren so dünn, dass ihnen ihre Kleider am Leibe schlotterten.

Und sie waren längst nicht so gesprächig. Sie brauchten nicht viel zu reden. Was gab es noch zu sagen? Sie waren auf dem Weg ins Jenseits. Aber nicht schnell. Nicht so schnell, dass sie nicht Pläne hätten machen können, wie sie sterben wollten.

„Du bist Drahtseilakrobatin, nicht wahr?“, sagte Roger eines Morgens, als er Felsbrocken sortierte, auf der Suche nach einem guten.

„Das war ich einmal“, sagte Lady Sadie, „und zwar, bevor ich Zofe wurde.“ Sie hob einen Stein auf, den Roger zur Seite geworfen hatte. „Du bist so pingelig“, sagte sie und begann darauf herumzukauen.

„Und wenn wir dein Seil über den Felsgrund der Fiesheit auf die andere Seite werfen würden und du gehst da hin und ziehst mich dann rüber? Was hältst du von diesem Plan?“

„Schlecht", bellte Lady Sadie. „Warum muss immer ich diejenige sein, die dich rettet, und niemals umgekehrt?"
Roger grinste. Lady Sadies direkte Art brachte ihn immer wieder zum Lachen.

„Ich könnte ein Seil keine halbe Meile werfen und du ebenso wenig", knurrte Lady Sadie. „Und selbst wenn du oder ich es könnten, wer wäre denn dann auf der anderen Seite, um es so zu spannen und festzumachen, dass ich rüberlaufen könnte? Wenn ich dazu überhaupt die Kraft hätte, was nicht der Fall ist."

„Du hast Recht." Roger seufzte. „Okay, du bist dran."

„Dran womit?"

„Einen Plan zu machen. Warum muss immer ich alle Pläne machen?"

„Ich habe keinen Plan, weil ich keine Fantasie habe. Ich bin viel zu direkt und denke viel zu normal, und das ist auch gut so, sage ich, denn *deine* Pläne bringen uns auch nicht voran."

„Du würdest sie nicht so schlecht finden, wenn ich auf einen käme, der funktioniert."

„Wenn du das tätest, wäre ich angenehm überrascht. Und ich bin nie angenehm überrascht. Wenn ich überrascht bin, dann bin ich *unangenehm* überrascht. Als zum Beispiel der Riese mit Prinzessin Petulia weggelaufen ist, das war eine unangenehme Überraschung. Und dann habe ich dich getroffen."

„Bin ich eine unangenehme Überraschung?", fragte Roger, in der Hoffnung keine zu sein.

„Ich bin vielleicht direkt, aber nicht so direkt, dass ich dich geradewegs beleidigen würde."

„Danke“, sagte Roger, der das als ein Kompliment nahm.

Lady Sadie lutschte wortlos an ihrem Felsbrocken. Sie wusste nicht, was sie von Rogers „danke“ halten sollte. In ihrem ganzen Leben hatte sich noch nie jemand bei ihr bedankt. In all den Jahren hatte sie sich nie veranlasst gesehen „bitte sehr“ zu sagen. Bis sie Roger traf. „Bitte sehr“, knurrte sie.

Aber das hörte Roger nicht. Er war mit seinen Gedanken woanders. „Sag mal, meinst du, dass meine SUCHE darin bestehen könnte, Prinzessin Petulia vor dem Riesen zu retten?“

Lady Sadie, die kein Blatt vor den Mund nahm, war drauf und dran zu sagen: „Hast du den Verstand verloren?“ Da fiel ihr Rogers „danke“ ein und sie zügelte sich.

„Vielleicht haben du und ich uns getroffen, damit ich das von Prinzessin Petulia hören konnte, die ich vor dem Riesen retten werde, und dann wird sie ihren Schleier lüften und ich werde sie zum Lachen bringen, und ich werde nicht zu Stein erstarren und wir werden heiraten. Was meinst du?“

„Bitte sehr“, sagte Lady Sadie zum zweiten Mal in ihrem Leben, denn ihr fiel nichts ein, was keine Beleidigung gewesen wäre.

„Ich habe einen Plan!“, schrie Roger.

„Bloß nicht“, stöhnte Lady Sadie verzweifelt.

Es war Rogers letzter Plan, hätte aber sein erster sein sollen. Er war so einfach, dass er gar nicht verstand, warum er da nicht eher drauf gekommen war. Sein Zauberpulver! Sein Beutel war fast leer, aber es waren ungefähr noch zwei Prisen übrig. Gerade genug, um sich selbst zu bestäuben und – wenn noch etwas übrig sein sollte – Lady Sadie. Aber es gab da ein Problem: Wenn er sich selbst zuerst bestäubte, dann war er nicht mehr in der Lage, Lady Sadie zu bestreuen, egal in was er sich verwandelte. Also sollte er lieber sie zuerst bestreuen, dachte er, und dabei versuchen ein wenig für sich übrig zu behalten. Dieser Plan schien Roger vernünftig. Ihm fiel gar nicht auf, dass er Lady Sadies Interessen Vorrang vor seinen eigenen eingeräumt hatte. Das war eine absolute Neuheit. Der Tag schien ein Tag für Neuheiten zu sein: Roger hatte zum ersten Mal auf jemand anderen Rücksicht genommen als sich selbst; Lady Sadie hatte zum ersten Mal „bitte sehr" sagen können.

Nun, wenn man auf andere Menschen Rücksicht nimmt, bringt das jede Menge andere Probleme mit sich. Als er darüber nachdachte, wurde Roger eines klar: Wenn er Lady Sadie eröffnete, dass er sie mit Zauberpulver bestreuen wollte, um sie in irgendetwas oder irgendjemand zu verwandeln, der vielleicht eine Chance hätte, dem Felsgrund der Fiesheit zu entrinnen, ja wenn er das tat, dann hätte das eins, aber auch nur eins zur Folge: eine lange und ergebnislose Diskussion. Eine Diskussion, die Roger belustigen und Lady Sadie auf die Palme bringen und in einer Sackgasse enden würde. Roger hatte nicht die Kraft, ständig in einer Sackgasse zu enden, und so tat er, was eine Menge Leute tun, die es nur gut meinen, Eltern eingeschlossen: Er traf die Entscheidung für Lady Sadie. Ohne sie zu fragen. Und während sie schmatzend an einem völlig trockenen Felsbrocken lutschte und dabei laute, unangenehme Schlürfgeräusche von sich gab, nahm Roger hinter ihrem Rücken bis auf einige wenige alle verbleibenden Kristalle von dem Zauberpulver, rannte die dreißig Meter bis zu der Stelle, wo sie zusammengekauert saß, und ließ die Körner auf ihren zerbrechli-

chen, bemitleidenswerten Körper fallen. Wie aus dem Nichts blies auf einmal ein starker Wind von Osten. „Ein gutes Zeichen", dachte Roger, denn Lady Sadie hatte sich in ein Blatt verwandelt.

„Was hast du mit mir gemacht?", schrie das empörte Blatt, als der Wind es hoch in die Luft hob, es mal so, mal so herumwirbelte und hinauf in die Wolken wehte, über den Berg und auf und davon.

„Warte auf mich!", schrie Roger, als er den Rest des Beutels über sich selbst ausleerte. Drei Flocken fielen heraus, eine auf seinen struppigen Kopf, eine andere auf seinen aufgeratschten rechten Ellbogen, eine letzte auf den nackten Zeh, der aus seinem abgewetzten linken Stiefel hervorguckte. Drei Flocken waren natürlich nicht viel, und wahrscheinlich dauerte es deswegen volle anderthalb Minuten, bis Roger sich in – ja, in was? verwandelte. Aus dem einen Winkel betrachtet, war es ein großes, matschgraues, pickliges Ei. Von einem anderen Winkel aus sah es wie ein Felsbrocken aus. Von einem dritten schließlich wie ein Haufen gesprenkelter Lehm. Was es auch sein mochte, der Wind würde es nicht davonwehen. Es hing für immer und ewig fest im Felsgrund der Fiesheit.

„Nein!“, schrie Roger innendrin im Felsbrocken oder Ei oder Lehmklumpen. „Ich soll ein Blatt sein und mit Lady Sadie davonwehen und Prinzessin Petulia finden und den Riesen totschlagen und sie retten und sie heiraten und diese grausliche, endlose SUCHE zu Ende bringen! Und deswegen kann ich nicht das sein, wozu ich geworden bin und was sich so anfühlt, als ob es tausend Pfund wiegt und sich nicht bewegen kann – Nein! Nein! Und

nochmals nein!“ Roger raste. Er fühlte sich von seinem Zauberpulver verraten. Vor Wut und Verzweiflung hätte er auf und ab hüpfen mögen angesichts der Ungeheuerlichkeit dieses Verrats. Außer dass es keinen Roger zum Auf- und Abhüpfen gab, nur einen Felsbrocken. Oder, von einem anderen Winkel aus betrachtet, ein Ei. Oder einen Lehmklumpen. Das Ei, der Felsbrocken oder der Lehmklumpen hüpfte. Nicht viel. Wie viel Bewegung kann man schon von einem Lehmklumpen, einem Felsbrocken oder einem Ei erwarten? Aber er bewegte sich einen Zentimeter. Dann, eine Stunde später, wieder einen Zentimeter; dann, nach weiteren zwölf Stunden, weitere zwölf Zentimeter. Und jeder Zentimeter brachte ihn näher an den Rand des Abgrunds. Denn da wollte Roger unbedingt hin. Von der Klippe springen. Seinem Schicksal begegnen, was es auch sein mochte. Allem auf den Grund gehen.

Roger der Fels – oder das Ei oder der Lehmklumpen – brauchte drei Wochen und fünf Tage, um an den Rand der Klippe zu gelangen. Dort angekommen schwankte er. Unten – in hundertfünfzig Metern Tiefe – lag eine Schlucht, die aus dieser Entfernung dünn wie ein Bleistift aussah, mit einem Splitter von einem Fluss in der Mitte. Roger verstand nicht, wie er das wissen konnte. Er schien gleichzeitig innerhalb und außerhalb von dem Felsbrocken oder Ei oder Lehmklumpen zu sein. Aber er wusste genau, wo er war. Eine kleine Anstrengung und er würde hinüberkippen. Und fallen. „Wenn ich mich mit reiner Willenskraft zum Rand gekriegt habe, dann sollte es mir auch möglich sein, mit solch einer Willensanstrengung zu bestimmen, wo genau ich hinfalle." Aber bei diesem Gedanken geriet seine Zuversicht ins Wanken. Wie um alles in der Welt sollte er in einem so schmalen Fluss landen, der so weit weg war, anstatt auf den Felsen da unten zu zerschellen und in Millionen von Stücke zu zerspringen? „Weil ich auf der SUCHE bin, deswegen", dachte Roger.

Aber diesem Gedanken folgte gleich ein anderer auf dem Fuße. „Was für eine SUCHE?" Roger war sich immer noch nicht sicher, worin genau seine SUCHE bestand. Ging es wirklich darum, Prinzessin Petulia vor dem Riesen zu retten? Nach ihr musste sich, keine Frage, irgendjemand auf die SUCHE begeben. Aber woher wissen, dass er derjenige war? Vielleicht war das ja Lady Sadies SUCHE. Machten sich Mädchen überhaupt auf die SUCHE?

Unmöglich. Nur Könige, Prinzen und edle Ritter gingen auf eine SUCHE. Und waren dann auf einer. Und Roger doch auch, oder nicht? Aber was für einer? Lady Sadie in ein Blatt zu verwandeln, das vom Felsgrund der Fiesheit fortgeweht wird, in Sicherheit, vielleicht war es ja das! In dem Falle war seine SUCHE vorüber. Dann könnte er jetzt nach Hause gehen. Aber woher sollte er das wissen?

Bestand die Aufgabe bei seiner SUCHE darin, Lady Sadie zu retten? Oder doch Prinzessin Petulia? Es war wie ein Kartentrick. Nimm dir eine SUCHE, irgendeine SUCHE. Sag nicht, worin sie besteht. So, und jetzt steckst du sie zurück in den Stapel.

Und woher wollte er wissen, dass Lady Sadie gerettet war? Vielleicht lag sie in einem Blätterhaufen am Grunde der Schlucht. Sie konnte in einen Luftwirbel geraten sein, der sie hunderte von Metern an den Fuß genau jenes Felsens geweht hatte, auf dessen Spitze Roger gerade stand.

Der Gedanke, dass Lady Sadie eine weitere Prise Rettung brauchen könnte, war mehr, als Roger ertragen konnte. Er hatte bis auf ein paar Körner alles Zauberpulver aufgebraucht, um ihr aus der Klemme zu helfen. Und wenn sie jetzt gar nicht aus der Klemme war, sondern in einer anderen steckte? Genau wie er: der Klemme des Waldes ohne Wiederkehr entkommen, nur um sich postwendend in der Klemme des Felsgrundes der Fiesheit wiederzufinden. Eine Klemme nach der anderen. Und anschließend? Warteten da draußen noch andere Klemmen auf ihn? Ein ganzes Leben voller Klemmen, die schon Schlange standen. Man kam mit Riesenglück aus einer raus, um gleich in der nächsten zu landen. Und noch einer? Und noch einer? Und noch einer? Und noch einer?

„Ich grübele mich nur in die Enge“, dachte Roger. Und statt sich in die Enge zu grübeln (was ihn überhaupt nicht weitergebracht hätte), grübelte sich Roger über den Rand der Klippe.

•

Was vielleicht ein Fehler war, aber wenigstens keine Klemme.

•

Während er fiel, kehrte seine gute Laune zurück. Je weiter und schneller er fiel, desto mehr war er davon überzeugt, dass Lady Sadie, das Blatt, unten im Tal gestrandet war und darauf wartete, dass Roger ihr zu Hilfe kam.

•

„Ob sie sich wohl freuen wird?“, dachte er, als er mit Furcht erregender Geschwindigkeit auf einen großen, schwarzen Findling einen Fußbreit vom Ufer krachte. Und entzweibrach. Und aus dem zerbrochenen Ei (denn das war es die ganze Zeit gewesen) stieg ein Adlerbaby – Roger! – empor, das sich auf seinen neuen Flügeln emporschwang und in geringer Höhe über dem Tal kreiste, um zu sehen, ob ein loses Blatt errettet werden musste.

Kapitel 13
Das Reich der Rachsucht

Wenn er die Wahl gehabt hätte, wäre Roger lieber ein Mensch gewesen, aber er musste zugeben, dass er als Adler ein besseres Leben hatte. Er war der einzige Adler im ganzen Tal. Und darum wurde er mit einem Respekt behandelt, der an Ehrfurcht grenzte. Er war der aufregendste Anblick, der einzige aufregende Anblick, den dieses bösartige Volk jemals zu Gesicht gekriegt hatte.

Denn dies war das Reich der Rachsucht: guter Boden, üppiger Pflanzenwuchs und bevölkert von einer Bande ausgesprochen unausstehlicher Bauerntrampel. Gierig, neidisch, mürrisch und immer darauf bedacht, es irgendjemandem heimzuzahlen. Wem? Das spielte keine Rolle. Egal, *jedem*! Die Bauern und ihre

Familien wachten jeden Morgen mit ein und demselben Gedanken auf und mit demselben Gedanken legten sie sich abends auch schlafen. „Das muss ich denen heimzahlen!" Was genau sie denen heimzahlen mussten, war nicht ganz klar. Es ging ihnen recht gut, ihnen allen, aber vielleicht nicht ganz so gut wie dem Nachbarn. Also zahlten sie's ihm heim, indem sie sein Haus ansteckten. Und er steckte dann ihres an. Also steckten sie das seiner Verwandten an. Und stahlen das Vieh, die Hühner und die Kinder, die zum Haus gehörten. Aber mittlerweile zahlte jemand anderes, vielleicht ein völlig Fremder, es *ihnen* heim.

Und so vergingen die Tage, Monate und Jahre im Reich der Rachsucht, bis Roger der Adler auf der Bildfläche erschien. Als er ausgewachsen war – und nach einer Woche war er das –, waren seine ausgebreiteten Flügel so groß, dass sie eine ganze Wiese in Schatten tauchten. Mit Schwindel erregender Geschwindigkeit konnte er sich fallen lassen oder in die Höhe schwingen, aber was er die meiste Zeit tat, war etwas anderes.

Meistens schwebte er nämlich nur wenige Zentimeter über den Baumwipfeln und zog langsam immer weitere Kreise.

„Er muss irgendetwas suchen“, sagten sich die hadernden Bauern, die gerade mal einen Moment aufhörten es einander heimzuzahlen, weil sie ihn beobachten wollten.

Was er suchte, war ein sprechendes Blatt. Lady Sadie. Eben noch war er überzeugt, dass sie in Sicherheit geweht worden war, im nächsten Moment war er genauso sicher, dass sie unter einem Haufen von Blättern begraben lag. Gewöhnlichen, unverzauberten Blättern.

Also kreiste er meilenweit über Blätter, studierte jedes einzelne mit seinen Adleraugen, kämmte sie alle durch mit seinen Adlerklauen und flüsterte so leise, dass niemand außer ihr ihn hören konnte: „Lady Sadie, bist du das? Lady Sadie, bist du das?“ Aber er konnte sie nirgends entdecken.

Also war sie in Sicherheit. Gut. Besser als gut, wunderbar! Aber Roger war auf Rettung geeicht. Er war ein großer Adler von heldenhaftem Wuchs. Das Bedürfnis zu retten steckte ihm im Blut. Wenn nicht Lady Sadie, wen denn sonst? Er sah sich nach möglichen Opfern um. Davon gab es im Reich der Rachsucht mehr als genug. Zuerst einmal: Kinder. Wenn die Bauern am Heimzahlen waren und dabei den Bauern, denen sie es heimgezahlt hatten, Vieh und Kinder davonschleiften, dann kam Roger aus dem Himmel geschossen und entriss die Kleinen den Fängen derer, die sie verschleppten. Zwei, drei, ja vier mit einem Male schnappte er sie sich und trug sie empor in seinen kräftigen Krallen.

Das flößte nun den Gemeinen und Gierigen Furcht und Respekt ein und gab ihnen zu denken. Fast wären sie ehrfürchtig auf die Knie gefallen, wenn Roger ihnen ihre Beute entriss. Die Kinder hoch oben am Himmel johlten vor Entzücken. „Höher! Schneller! Abwärts!" Ganz im Flugrausch redeten sie auf Roger ein, damit er aus ihrer Rettung einen Aus-Flug machte. Hoch über die Wolken stieg er mit ihnen, ließ sie dort los und sie purzelten Hals über Kopf in die Tiefe – und dann im letzten Augenblick, kurz bevor sie in die Bäume gekracht wären – ein atemberaubender Sturzflug, die Opfer eiskalt abgefangen und fertig war die Mordsrettung. „Mehr! Mehr!", schrien die Kinder. Wälder, Wiesen und Felder hallten von einem Gelächter wider, wie man es im Reich der Rachsucht nie zuvor gehört hatte. Nicht hämisch, nicht gemein, nicht schadenfroh – dieses Lachen war so fröhlich wie der Frühling.

Diesen Klang hatte Roger vermisst. Und jetzt, wo er wieder Lachen hörte, konnte er nicht genug davon bekommen. Besonders diese Art von Lachen. Das war besser als jenes, das er früher hervorgerufen hatte, denn dieses Lachen hier hatte einen Grund. Lachen ist eine Bedrohung für die Rachsüchtigen. Die gehässigen Bewohner des Reichs der Rachsucht hätten es gern ausgerottet. Erlasst ein Gesetz. Steckt die Lacher ins Gefängnis. Da wird ihnen das Lachen schon vergehen, den kleinen Scheißern.

Aber in den hintersten Winkeln ihrer Herzen, die nicht von Hass vergiftet waren, spürten sie, was los war. Sie hassten, was sie spürten, und spürten es doch. Das Gelächter da oben verspottete ihre Zwistigkeiten und ließ sie albern erscheinen.

Bedeutungslos. Zum ersten Mal in ihrem „Denen-werd-ich's-heimzahlen"-Leben schämten sie sich ihrer Rangeleien.

Was konnten sie anderes tun als sich davonzustehlen, verwirrt und fauchend vor Wut angesichts des Glücks, von dem das ganze Land widerhallte?

Wütend zuerst, dann neidisch. Warum ausgerechnet die Kinder, die nichts dafür getan hatten, und nicht sie selbst? Irgendwie war das unfair. Den Kindern mussten sie das heimzahlen. Sie wollten auch fliegen!

Sie kamen aus ihren Verstecken und pressten die knotigen Hände auf die Brust. „Nimm uns auch mit!", forderten sie von dem Adler. „Wir protestieren. Jetzt sind *wir* dran!"

Und bald war jeder an der Reihe. Menschen, die einander ihr Leben lang spinnefeind gewesen waren, grinsten sich kindisch an, als sie in Rogers Krallen zum Himmel schwebten. Sie blickten hinunter auf das Land, um das sie gekämpft und dessentwegen sie es einander heimgezahlt hatten. Zum ersten Mal sahen sie, dass es – wie hieß doch gleich das Wort? – *schön* war. Schönheit! Das war ein neuer Begriff für sie. Die Idee traf ihre Herzen wie Amors Pfeil.

Tag für Tag wurde die Wut weniger; das Bedürfnis, es jemandem heimzuzahlen, schwand und verblasste. Innerhalb weniger Wochen machten Rogers Bauern-Aus-Flüge aus dem Reich der Rachsucht das Reich des Riesenvergnügens. Nachbarn sagten auf einmal „Hallo", „Wie geht's dir?" und „Schönes Wetter heute" zueinander statt „Geh mir aus der Sonne, sonst gibt's eins aufs Maul!"

Und dies alles – jedes kleine Bisschen – war Rogers Werk. „Ach du meine Güte“, dachte er, „als Adler bin ich doch viel besser als als Prinz.“

Eines Tages sah er zwei Männer kämpfen oder genauer gesagt, er sah, wie ein Mann einen anderen in Grund und Boden prügelte. Ein seltener Anblick in diesen Tagen. Roger stürzte hinab, um der Sache ein Ende zu machen. Plötzlich ließ der stämmige Kerl von seinem Opfer ab, spannte in Windeseile einen Pfeil auf seinen Bogen und schoss damit geradewegs auf Roger. Roger war baff. Er duckte sich gerade noch rechtzeitig. Selbst zu den schlimmsten Zeiten des Reichs der Rachsucht hatte niemand – aber auch niemand! – versucht dem edlen Adler wehzutun. Er schwebte über den Dingen. Er war etwas Besonderes. Unantastbar. Aber nicht für diesen Schurken.

In null Komma nichts hatte sich Roger auf den Mordbuben gestürzt, bevor dieser Zeit hatte einen zweiten Schuss abzugeben. Er griff ihn beim Kragen und zischte in den Himmel.

Der Halunke wehrte sich, als Roger ihn emportrug. Fliegen hatte keinerlei besänftigende Wirkung auf ihn. „Ich bring dich um, du dummer Vogel! Lass mich los!“, kreischte der Wüstling, trat mitten in der Luft wild mit den Füßen um sich und schadete niemandem als sich selbst.

Roger war zu beschäftigt gewesen, um sich den Verbrecher näher anzusehen, aber die Stimme erkannte er sofort. „Tom!“ Es war das erste Wort, das er seit einem Monat gesprochen hatte.

„Roger?“, antwortete Tom verblüfft. „Bist du der edle Adler, den jeder hier verehrt und den ich geschworen habe umzubringen?“

Roger war verwirrt. „Aber Tom, du hast mir doch geschworen nicht mehr auf die Jagd zu gehen!“ So sehr er sich auch freute wieder mit seinem besten Freund vereint zu sein, so war er doch ziemlich verstört, dass Tom den Adler töten wollte, der ein viel edleres Wesen war als Toms Kumpel, der Prinz.

Kapitel 14
Das Ende einer Freundschaft

Tom hatte sich verändert.

Roger hatte sich auch verändert, aber wenn er nicht zufällig ein Adler gewesen wäre, wäre er doch mehr oder weniger der alte Roger gewesen. Sicher, er hatte sich zu seinem Vorteil verändert: zu einem hilfsbereiteren, weiseren, stärkeren Roger. Trotzdem, wenn er einem außerhalb dieses Buches über den Weg liefe, würde man ihn doch sofort erkennen. Aber Tom würde man nicht wiedererkennen. Tom war gemein geworden.

Nun, wie ihr euch vielleicht erinnert, habe ich euch schon an anderer Stelle vor Tom gewarnt. Ich hab euch gesagt, dem kann man nicht trauen. Aber mit dem alten Tom, vor dem ich euch vor einer Weile gewarnt hatte, mit dem machte es Spaß, zusammen was zu unternehmen. Es *gibt* solche Leute: Die sind total lustig, man hat Spaß mit ihnen und dann, eines Tages, tun sie etwas Schlechtes. Sie sind nicht mehr auf deiner Seite oder sie reden hinter deinem Rücken Schlechtes über dich oder sie klauen etwas, das dir gehört – und dann musst du mit Schrecken feststellen, dass unter all dem Spaß und der guten Laune gar kein netter Kerl steckt.

Der Unterschied zwischen dem Tom von heute und dem von früher bestand darin, dass der *alte* Tom sich wie ein netter Kerl benahm. Ein Freund, ein Kumpel, ein Pfundskerl. Aber der neue, wiedergefundene Tom benahm sich wie eine Ratte. „Dir werd ich's heimzahlen", sagte er mit schneidender Stimme, als sie wieder unten waren.

Roger war schockiert. „Aber was denn bloß?"

„Du hast mich im Wald ohne Wiederkehr zurückgelassen. Du hättest mich mitnehmen können, aber das hast du nicht getan. Du hast mich im Stich gelassen. Das werde ich dir heimzahlen."

Früher, bevor er zum Adler wurde, hätte sich Roger gesagt, dass Tom schlecht drauf war, und fertig. Tom hatte immer gern gejammert und Roger verstand es, ihm das mit ein paar flotten Sprüchen auszutreiben. Er hatte nie viel auf Toms Jammern gegeben.

Aber der Adler verstand, worüber der Prinz nur gelacht hätte. Roger hatte Tom schon ganz richtig verstanden. Und bekam Schuldgefühle. Er hatte tatsächlich nicht daran gedacht, Tom mitzunehmen, als er rückwärts aus dem Wald ohne Wiederkehr ging. Er hatte an nichts anderes gedacht als daran, dass sein Beutel mit Zauberpulver halb leer war und dass er raus musste, bevor es ganz aufgebraucht war. „Ich habe einen Fehler gemacht, Tom", sagte Roger traurig. „Es tut mir Leid."

„Dir werde ich es heimzahlen."

„Ich entschuldige mich."

„Eines Tages, auf irgendeine Art und Weise und wenn du am wenigsten damit rechnest, werde ich es dir heimzahlen."

„Hör mal, ich hab gesagt, dass es mir Leid tut. Ich habe gesagt, ich entschuldige mich. Ich hab das nicht böse gemeint, als ich dich zurückgelassen habe. Ich war einfach nur dumm. Ich

hab nicht dran gedacht. Ich habe einen Fehler gemacht. Das war dumm von mir. Ich hab nicht dran gedacht.“ Und so erklärte, entschuldigte und verteidigte sich Roger in einem fort, bis ihm der Schnabel rauchte. Nichts, was er sagte, konnte Tom besänftigen.

„Eines Tages, wenn du gerade schläfst oder mir den Rücken zukehrst oder deine blöde SUCHE im Kopf hast, werde ich es dir heimzahlen.“

Roger wollte einfach nicht glauben, dass seine erste und einzige wahre Freundschaft so zu Ende gehen sollte. Es kam ihm weniger traurig als dämlich vor. Gut, er hatte einen Fehler gemacht, er war egoistisch gewesen. Aber das war lange her und heute würde er anders handeln, und er hatte sich entschuldigt, bis ihm der Schnabel rauchte. Warum also um alles in der Welt wollte ihm Tom nicht verzeihen? Wo lag das Problem?

Das Problem lag darin, dass Tom ganz einfach ein mieser Kerl war. Und immer mieser wurde. So mies war er, dass, egal wie oft Roger ihn fragte – fünfundzwanzigmal, um genau zu sein –, wie er aus dem Wald ohne Wiederkehr hatte entkommen können, er sich standhaft weigerte es ihm zu sagen.

Das heißt allerdings nicht, dass ich es euch nicht erzählen kann.

Er ist einfach rausspaziert. Nicht

aus dem Wald, nein, aus dem Buch. Er ist genauso abgehauen, wie ich es auf Seite 12 von ihm verlangt habe. Aber da hat er's nicht getan. Wie ihr ja wisst, sollte er eigentlich nach Seite 12 im Buch nicht mehr vorkommen, er konnte also gehen, wann immer er wollte. Als kein Roger mehr da war, mit dem er rumziehen und spielen konnte, wurde Tom wütend und haute ab.

Nicht sofort allerdings. Erst schmollte er, dann jammerte er, jammerte und schmollte, schmollte und jammerte. Über Roger sagte er gemeine Sachen zur Breiten Berta und den anderen Freunden. Sachen wie: „Wer hat uns denn gesagt, er würde mir

Bescheid sagen, wenn es okay ist, und ich sollte euch Bescheid sagen, wenn es okay ist, und ich würde es sofort erfahren, sobald er es wüsste, und dann würdet ihr Bescheid kriegen, dass es okay ist? – und von alledem hat er nicht ein Wort ernst gemeint!"

Aber alle verdankten Roger so viel Vergnügen, dass niemand außer Tom sich ärgern oder ihm für irgendetwas die Schuld geben konnte, selbst wenn er schuld war. Sie dachten lieber, es wäre ein Spiel.

„Roger!", riefen sie. „Wo steckst du, Roger? Komm raus, komm raus, wo du auch steckst!" Und am lautesten von allen schrie die Breite Berta. Dies war eine Ironie des Schicksals und geradezu tragisch, denn „Komm raus, komm raus, wo du auch steckst!", das waren dieselben Worte, mit denen ihr Verlobter Andrew seit dreißig Jahren in Städten, Dörfern und Weilern auf fünf Kontinenten nach ihr suchte.

Rogers Freunde konnten und wollten nicht glauben, dass er einen Weg aus dem Wald ohne Wiederkehr gefunden hatte, ohne sie mitzunehmen. Aber Tom wurde nicht müde ihnen das einzubläuen. Überall ließ er bissige und boshafte, giftige und gemeine Sprüche vom Stapel. In null Komma nichts wurde aus Tom, Rogers bestem Freund, sein ärgster Feind.

Es stimmt zwar, dass Roger voreilig gehandelt hatte. Aber wie hätte er wissen sollen, dass das mit dem Rückwärtsgehen funktionierte? Und als es dann tatsächlich funktionierte, wo war er gelandet? Auf einer Klippe über einem Abgrund im Felsgrund der Fiesheit. Verdiente er also von Tom so behandelt zu werden? Ganz gewiss nicht. Erstens einmal wird von Prinzen in Märchen nicht erwartet, dass sie *jeden* erretten, der ihnen über den Weg läuft. Sie sollen nur die Hauptpersonen retten: Prinzessinnen, Könige, Königinnen, Herzoge. Adel eben. Ich meine, die sind auf der SUCHE, herrgottnochmal! Aber was immer von Prinzen in anderen Märchen erwartet wurde, in diesem kriegte es Roger so knüppeldick, dass er sich scheußlich fühlte. Je länger er über Toms Anschuldigungen nachdachte, desto mehr schloss er sich dessen Ansicht an, dass er, Roger, seine Freunde im Wald ohne Wiederkehr im Stich gelassen hatte. Tom war auch draußen, in Sicherheit, aber die anderen ... Roger stiegen Tränen in die Augen, als er daran dachte, wie sie für alle Zeiten im Wald ohne Wiederkehr im Kreis liefen. Auch wenn er spät dran war, wie hätte er es wagen können, ihnen nicht flugs zu Hilfe zu eilen?

Kapitel 15
Noch eine Erklärung

Den Teil, wo Roger flugs zu Hilfe eilt, muss ich noch etwas verschieben, weil ich eine wichtige Frage bisher unbeantwortet gelassen habe. Nachdem Tom einmal aus dem Buch rausmarschiert war, wie und warum ist er wieder zurückgekommen? Die Antwort auf diese Frage lautet: Langeweile. Für eine Figur aus einem Buch ist das Leben außerhalb des Buches wahrlich kein Zuckerschlecken. Selbst in Rosensträucher zu fallen war lustiger als das, was Tom außerhalb des Buches durchmachte. Er machte gar nichts, weder durch noch sonstwie. Der Zeit war das Vergehen vergangen: Eine Sekunde war wie ein Monat, eine Minute wie ein Jahr, eine Stunde wie ein Jahrhundert.

Nach mehreren Stunden, die ihm vorkamen wie Jahrhunderte, wurde Tom klar, dass er in ein Buch zurückmusste. Aber er war zu sauer auf Roger, um in *dieses* Buch zurückzukehren. Also probierte er andere Bücher aus. Er ging in ein Buch, das „Wilbur und Charlotte" hieß, aber es war zu nett und freundlich für einen Mann mit so mieser Laune. Er bewunderte die Bilder und ging. Dann ging er in ein Buch namens „James und der Riesenpfirsich". Aber das Buch fand er noch mieser als sich selbst. Also warf er einen Blick auf die Bilder, die ihm gefielen, und ging. Dann versuchte er ein Buch mit dem Titel „Verhext in Wörterstadt", aber die Geschichte war so vertrackt, dass er Kopfschmerzen bekam, und die Bilder waren so schlampig gezeichnet, dass selbst er es hätte besser machen können. Also haute er ab. Und kam zu dem Schluss, zu dem er gleich anfangs hätte kommen können. Nur ein Buch war das Richtige. Dieses. Also ging er wieder hinein. Und war auf einmal im Kapitel „Das Reich der Rachsucht". Und als er gerade anfing Leute zu verprügeln, um es ihnen heimzuzahlen, kam Roger vorbei und stoppte ihn. Und an der Stelle befinden wir uns jetzt.

Kapitel 16

Zurück zum Felsgrund der Fiesheit

Bevor Roger irgendwem zu Hilfe eilen konnte, musste etwas mit Tom geschehen. Wenn Roger einfach davonflog und Tom allein ließ, dann würde der andere Leute verprügeln. Und die würden es dann jemandem heimzahlen müssen. Und *die* würden dann wieder andere verprügeln, die es dann jemandem heimzahlen müssten. Und in kürzester Zeit wäre aus dem Reich des Riesenvergnügens wieder das Reich der Rachsucht geworden. Keine gute Idee. Tom musste weg.

Aber wohin?

Mitnehmen konnte ihn Roger nicht, denn Tom würde sicherlich versuchen es ihm heimzuzahlen. Und das würde Roger zwingen ihn immer gut im Auge zu behalten. Und den Wald ohne Wiederkehr würde er im anderen Auge behalten müssen. Und in noch einem anderen seine Freunde, denen er zu Hilfe eilen wollte. Er hatte einfach nicht genug Augen für diesen Job. Jedenfalls nicht, wenn er Tom dabeihatte. Roger konnte seinen Freunden zu Hilfe eilen oder er konnte sich verteidigen. Aber nicht beides.

„Wo bringst du mich hin?“, wollte Tom wissen. Eine durchaus verständliche Frage, denn er befand sich in Rogers Krallen, fünfzig Meter über dem Boden.

„Ich suche einen Platz, wo ich dich absetze, ohne dass du Schaden anrichten kannst.“

„Aber ich *will* Schaden anrichten. Schaden anzurichten ist das Beste am Heimzahlen“, protestierte Tom.

Das war genau die Art von Bemerkung, die Roger zu dem Schluss veranlasste, dass es nur einen Ort gab, wo er Tom ohne Angst vor möglichen Folgen lassen konnte. Und das war der Felsgrund der Fiesheit. Er suchte einen Essensvorrat zusammen und etwas Wasser, genug für Tom, bis er zu ihm zurückkehren konnte. Die Vorräte band er in einem Tuch zusammen und dann, mit Tom in den Krallen und dem Tuch im Schnabel, flog er hoch, höher, immer höher, bis zur höchsten Klippe im Felsgrund der Fiesheit, derjenigen, von der er vor einigen Monaten gestürzt war. Er ließ Tom sachte hinunterplumpsen. „Hab keine Angst“, sagte er. „Ich flitze jetzt zum Wald ohne Wiederkehr, um unsere Freunde zu erretten, und dann flitze ich gleich zu dir zurück, um dich zu erretten, und dann, falls du wieder mein Freund sein willst, flitzen wir los, um die schöne Prinzessin, die Männer zu Stein erstarren lässt, vor einem bösen Riesen zu erretten, und danach werde ich sie heiraten müssen, denn soweit ich das sehe, ist dies das Ziel meiner SUCHE.“

Dies alles stieß Roger atemlos hervor, so begierig war er, bei Tom wieder gut angeschrieben zu sein. Aber ohne Erfolg. Toms kurze Antwort war: „Ich hoffe, der Riese zerquetscht dich wie eine Wanze.“

Roger flog davon, nachdem er einmal über der Klippe gekreist war, um sicher zu sein, dass es Tom gut ging. Das schien der Fall zu sein. Er tat so, als ob ihn nicht die geringste Sorge drückte. Als Roger ihn zum letzten Mal sah, ließ Tom sich im

Felsgrund der Fiesheit gerade zu einem schönen Mittagsmahl nieder.

Nun wusste Tom etwas, was Roger nicht wusste. Er konnte den Felsgrund der Fiesheit verlassen, wann immer er wollte.

Nach dem Mittagessen zum Beispiel. Alles, was er dazu tun musste, war, aus dem Buch zu gehen. Und wieder reinzumarschieren und raus und rein und raus und rein und raus und rein, bis er an der richtigen Stelle in der Geschichte ankam, um es Roger heimzuzahlen.

Kapitel 17
Über den See der Seufzer zum Berg der Bosheit

Roger flog rückwärts. Er kannte keine andere Methode, um seinen Bestimmungsort zu erreichen. Er flog rückwärts durch heftigen Regen, dichten Nebel, Gewitter und Schneestürme. Er flog rückwärts über den See der Seufzer, einen der schlimmen Orte, die er im Lauf seiner SUCHE ansteuern musste und vor denen ihn H. Zacharias Zauber gewarnt hatte. Angsterfüllte Schreie nach „Hilfe!“ stiegen von dem schwarzgrünen See zu ihm auf, deren schäumende Wellen aussahen, als ob sie sich in Qualen wanden. Roger flog hinab, seine Adleraugen suchten die Wasseroberfläche ab. Er war zur Stelle, um zu helfen, sah aber niemanden, der Hilfe brauchte. Schaumkronen spritzten auseinander wie ausgestreckte Hände, die Hilfe erflehten. Die Schreie ertönten mit verzweifelter Eindringlichkeit. „Wer schreit da bloß?“, fragte sich Roger. Waren es die Wellen? Brauchten Wellen seine Hilfe? Roger tauchte etwas tiefer, um besser sehen zu können. Eine schwarzgrüne Welle wickelte sich auseinander wie eine Schlange und schlang sich um seine Beine.

Roger pumpte mit den Flügeln, einmal, zweimal, und kam schließlich frei. Die Schreie des Sees wurden zu einem Wimmern. „Hilfe!“-Schluchzer. „Hilfe!“-Stöhnen. Aber wem genau sollte Roger helfen? Der dampfende, kochende, tief schwarze See knirschte mit seinen Wellen wie mit Zähnen.

„Du rufst ‚Hilfe‘, aber Hilfe willst du gar nicht. Du willst

mich verschlingen!“, schrie Roger dem See entgegen und flog rückwärts davon. Wenn er Hilfeschreien nicht mehr trauen konnte, wenn ihn Hilfeschreie verschlingen und ertränken konnten ... Das war eine Beleidigung für Rogers Gerechtigkeitsgefühl. Wenn dies eine Lehre sein sollte, dann wollte er nichts von ihr wissen.

Jetzt flog er rückwärts über den Berg der Bosheit, einen anderen jener schlimmen Orte, vor denen ihn H. Zacharias gewarnt hatte. Steine flogen zu ihm hinauf und streiften seine Federn. Wer warf diese Steine? Niemand. Der Berg selbst warf sie. Kleine Felsbrocken sausten zu ihm herauf, mit der Geschwindigkeit von Kanonenkugeln.

Die ersten Brocken kamen nicht nahe heran; aber dann, als ob sich der Berg auf Rogers Höhe und Fluggeschwindigkeit eingestellt hätte, rückten sie immer näher. Steine prallten an Roger ab, an seinem Kopf, seiner Brust, seinen Flügeln. Doch obwohl

sie groß und schnell waren, hinterließen sie eher ein leichtes Brennen als blaue Flecken. Die kleineren prallten ab, ohne wirklichen Schaden anzurichten. Trotzdem: Dreißig oder vierzig Steine, die innerhalb von fünf Minuten von einem Adler abprallen, ohne wirklichen Schaden anzurichten, können echten Schaden anrichten. Roger wurde langsam. Ihm wurde schwindlig. Aber es wäre tödlich gewesen, dem Schwindelgefühl nachzugeben.

Um den Berg zu verwirren, änderte er seine Flugweise. Er flog Kreise, hoch, niedrig, vorwärts und dann wieder rückwärts. Er tauchte und stieg wieder empor, verfiel in einen Gleitflug und schoss wieder nach oben. Seine Kraft kehrte dabei langsam zurück – und gleichzeitig schien der Berg verwirrt zu sein. Die Schussgeschwindigkeit der Felsbrocken nahm ab. So angeschlagen Roger auch war, so machte es ihm jetzt keine Mühe mehr, den Fluggeschossen auszuweichen. Er bemerkte etwas anderes. Ein regelrechter Hagel von Felsbrocken kam zu ihm herauf, an denen Notizzettel befestigt waren.

Wozu Notizzettel? Roger konnte nicht umhin, neugierig zu sein. Waren das Botschaften? Waren sie für ihn? Oder für jeden Vogel, der gerade vorbeikam? Nach einigen Versuchen gelang es Roger recht gut, mit seinem Schnabel nach den Felsen zu schnappen und die Zettel herunterzureißen. Nicht alle, dazu waren es zu viele, aber bald darauf hielt er ein loses Sammelsurium zusammengeknüllt in seinen Krallen.

Die Nacht nahte. Roger war jetzt schwerer als Ziel auszumachen.

Das Sperrfeuer wurde dünner, unsicher und hörte schließlich auf. Roger pflückte eine letzte Nachricht von einem letzten Felsbrocken und flog rückwärts weiter, außer Reichweite und bald auch außer Sichtweite des Bergs der Bosheit.

Alles tat ihm weh. Er brauchte Ruhe, Essen, Schlaf. Aber zuerst einmal musste er die Zettel lesen. Er befand sich nahe bei einem Bauernhof. In der Ferne sah er die Lichter eines Nachbardorfes, aber Roger war zu erschöpft, um es sich näher anzusehen. Er flog zum Dach einer alten Scheune und ließ sich dort nieder.

Seine müden Augen erblickten viele Hektar Land, ein gedeckter Tisch für ihn. Später, dachte er, wenn er die Zettel gelesen hatte. Erst die Zettel, dann eine kräftige Mahlzeit (direkt unter ihm lag ein Kürbisfeld und zum Osten hin wogte eine Kornähre neben der nächsten). Nach seinem Festmahl würde er sich zur wohlverdienten Ruhe betten. Kaum hatte Roger diesen Zeitplan aufgestellt, da warf er ihn völlig über den Haufen, indem er einschlief.

Als er aufwachte, hörte er die Hähne krähen. Es dämmerte schon, wahrscheinlich im Osten – aber Roger war so verwirrt und zerschlagen, dass, soweit es ihn betraf, die Dämmerung genauso gut im Norden, Süden oder Westen hätte kommen können. Er entdeckte einen Bach ganz in der Nähe und wusch seine Wunden, während er ein paar Barsche und Forellen probierte. Langsam wurde er wieder der Alte – der Alte-Edle-Adler, um genau zu sein. Er war zwar angeschlagen, aber nicht ernsthaft verletzt. Er war überzeugt, dass seine Schmerzen in ein paar Stunden verschwunden sein würden. Die Zettel fielen ihm ein. Er flog zurück zum Dach der Scheune, glättete die Zettel und las sie. Seine Schmerzen kehrten zurück. Schlimmer als vorher. Schlimmer als irgendetwas anderes, was er erduldet hatte.

Es wäre unnötig grausam, alle Zettel abzudrucken, aber hier ist eine Kostprobe:

„DU BIST EIN EITLER EGOISTISCHER LÜMMEL." – „DU VERLIERST NACH UND NACH ALLE DEINE FREUNDE." – „DU WÜRDEST KAUM GLAUBEN, WAS FÜR SCHRECKLICHE SACHEN SIE IM WALD OHNE WIEDERKEHR ÜBER DICH SAGEN." – „SIE VERACHTEN DICH." – „SIE WERDEN DICH IN STÜCKE REISSEN, WENN SIE DICH SEHEN." – „DU BIST JETZT EINE GRÖSSERE WITZFIGUR ALS ZU DER ZEIT, DA DU NOCH EIN PRINZ WARST." – „LADY SADIE IST TOT UND DU BIST SCHULD." – „PRINZESSIN PETULIA WURDE SCHON VOR WOCHEN VON EINEM TAPFEREN RITTER ERRETTET. UND SIE SIND NICHT GESTORBEN UND LEBEN HEUTE NOCH." – „DEINE *SUCHE* IST EINE KATASTROPHE." – „TOM WIRD DICH UMBRINGEN."

Jetzt verstand Roger, wie der Berg der Bosheit zu seinem Namen gekommen war. Die Wunden, die ihm die Zettel beibrachten, schmerzten mehr als die Felsbrocken. Jeder Zettel enthielt eine vernichtende Wahrheit. Ganz gewiss, sie klangen wahr. Roger glaubte, dass sie die Wahrheit sagten. Steine lügen nicht.

Er saß oben auf der Scheune, und sein ganzer Wille, zu Hilfe zu eilen, schwand dahin. Sein ganzer Wille, die SUCHE oder auch sein Leben fortzusetzen, schwand dahin. Nichts war diese Höllenqual wert. Wenn er noch ein Prinz gewesen wäre, hätte er geweint. Adler können vielleicht nicht weinen, aber sie können über einer Sache brüten. Niemals in der Geschichte des Adlertums hat ein Adler so gebrütet, wie Roger es in den folgenden Tagen und Nächten tat. Er aß nicht, er schlief nicht, er brütete. Der Berg der Bosheit hatte ihm eine tödliche Wunde beigebracht. Alles, was er sich jetzt noch wünschte, war, dass sein Elend ein Ende nehmen möge. Eingefallen und zusammengekauert hockte er auf dem Dach der Scheune, halb dösend, halb

sterbend. Die Vögel und die anderen Tiere des Bauernhofs hielten Abstand, aus Respekt vor seinem Zustand. Die Kühe schliefen nachts auf den Feldern, die Vögel änderten ihre Flugroute, um nicht über die Scheune fliegen zu müssen.

Das ging so neun ganze Tage und am Morgen des zehnten Tages nahm er verschwommen einen Mann wahr. Das erste Lebewesen, das er gesehen hatte, seitdem er sich auf seinem Posten niedergelassen hatte, um zu sterben. Roger war zu schwach, um noch deutlich sehen zu können, aber sein Gehör war so scharf wie eh und je. Auch wenn der Mann noch eine Viertelmeile weg war, so hatte Roger doch keine Mühe, zu verstehen, was er da rief und ständig wiederholte, während er näher kam.

Und zwar: „Komm raus, komm raus, wo du auch steckst! Berta! Komm raus, komm raus, wo du auch steckst!“

Kapitel 18
Andrew

Zuerst einmal war Andrew überrascht, dass der große Vogel auf dem Scheunendach, der so tot aussah, am Leben war. Zweitens bekam er einen Schreck, als der Vogel ihn ansprach. Drittens war er sprachlos, als das erste Wort, das er sprach – mit brüchiger Stimme zwar, aber unmissverständlich – „Andrew?" war.

„Andrew?", schnaufte der so-gut-wie-tote Vogel noch einmal.

„Was ich da höre, muss der Todesschrei eines Adlers sein, der rein zufällig genauso klingt wie mein Name, aber wahrscheinlich eher so etwas ist wie ‚Adru, andu, aduuu ...'" So erklärte sich Andrew die Krächzlaute, die der so-gut-wie-hinübere Vogel von sich gab. Gar keine so unvernünftige Erklärung, wenn man bedenkt, dass er Roger niemals zuvor begegnet war oder von ihm gehört hatte. Aber wie sollte er sich erklären, was dann kam?

„Bist du … nicht … Bertas … Andrew?“

Unter normalen Umständen hätte man erwarten können, dass Andrew augenblicklich in Ohnmacht gefallen oder weggelaufen wäre, so schnell ihn seine weichen Knie trugen. Dieses blasse Gespenst von einem Adler hatte nicht nur *seinen* Namen gesagt, sondern auch den der Frau, die er liebte und seit dreißig Jahren suchte.

Aber die Umstände waren alles andere als normal. Dreißig Jahre ohne einen Anhaltspunkt über den Verbleib seiner verschollenen Liebe, und dieser Vogel, der im Begriff war ihm wegzusterben, wusste etwas. Er *durfte* nicht sterben – nicht, ehe er nicht alles gesagt hatte! Obwohl er nicht mehr jung war, hechtete Andrew hinauf aufs Scheunendach, sammelte den dahinsiechenden Vogel auf (es war ein Gefühl, als ob man flüssiges Wachs trägt) und rannte mit ihm zu einem nahe gelegenen Bach.

Ganz behutsam, weil er Angst hatte, dass eine falsche Bewegung tödlich sein könnte, löffelte er Wasser in den Schnabel des armen Vogels, wusch ihn und verabreichte ihm eine Brühe aus Kaninchen und Forelle. Er legte das arme Geschöpf zum Trocknen in die Sonne und massierte sanft seinen schlaffen, kalten Körper, der kaum mehr war als ein Schatten. Er spürte Anzeichen von Wärme; Blut, das zirkulierte. „Du wirst nicht sterben", brummte Andrew und knirschte mit seinen letzten fünf Zähnen.

„Doch, das werde ich", schnaufte Roger.

Aber Andrew war fest entschlossen. „Du wirst nicht sterben."

„Wenn du Andrew bist, dann sollte ich nicht sterben", räumte Roger ein, als er sich unklar an seine Absicht erinnerte, Berta und die anderen aus dem Wald ohne Wiederkehr zu retten.

„Ich *bin* Andrew."

„Wenn du Bertas Andrew bist, dann kann ich nicht sterben."

„Ich *bin* Bertas Andrew."

„Dann kann ich nicht sterben", sagte Roger mit leiser, aber fester Stimme, „denn jetzt fällt es mir ein, dass du der Gegenstand meiner SUCHE bist."

Seine Genesung war die reinste Zauberei, was angesichts der Tatsache, dass er ein verzauberter Prinz war, nicht weiter bemerkenswert war. Als es dunkel wurde, war Roger wieder ganz der alte heldenhafte Adler. Er erzählte Andrew *alles*: vom Wald ohne Wiederkehr, Berta, Tom, seiner Flucht aus dem Wald, Lady Sadie, dem Felsgrund der Fiesheit, dem Reich der Rachsucht, dem Reich des Riesenvergnügens, dem See der Seufzer, dem Berg der Bosheit, seinen SUCHEN, die sich ständig veränderten und ständig zahlreicher wurden.

„Aber ich habe genug über mich geredet“, sagte Roger, als der Morgen graute. „Erzähl mir etwas von dir.“

Doch Andrew hatte keine Geschichte zu erzählen. Dreißig Jahre suchen und reisen, suchen und reisen. Dreißig Jahre von Norden nach Süden, von Osten nach Westen. Dreißig Jahre mit immer mehr Erfahrung, mehr Abenteuer, mehr Begegnungen mit immer mehr verschiedenen Arten von Menschen verschiedenster Hautfarben – reich und arm, gut und schlecht, klug und dumm, fleißig und faul, interessant und langweilig, ehrlich und böse, weise und töricht –, mehr von allem, als selbst Roger erlebt hatte. Ein Leben voller beeindruckender Auftritte und Abgänge. Und nichts von alledem hatte bei Andrew Eindruck hinterlassen. Aus nichts von alledem hatte er irgendetwas gelernt. Nichts wurde bemerkt, nichts zählte, nichts bedeutete etwas ohne Berta.

„Bring mich zu ihr!“, flehte Andrew.

„Noch besser, ich werde sie zu dir bringen.“

Andrew stöhnte. „Du wirst fortfliegen und nicht zurückkommen. Und Jahr für Jahr werde ich an eine Tür nach der anderen klopfen und rufen: ‚Komm raus, komm raus, wo du auch steckst!‘“

„Du hast mir das Leben gerettet und mir wieder Hoffnung gegeben. Wie könnte ich da nicht zurückkehren?“

„Ich weiß nicht, wie du nicht zurückkehren kannst. Aber du

wirst es nicht. In einem Leben, das ich damit verbracht habe, aus Erfahrung nicht klug zu werden, habe ich *eines* doch gelernt: Wenn man gut zu anderen ist und erwartet, dass sie im Gegenzug gut zu einem selbst sind, dann hat man sich geschnitten."

„Doch! Wohl! Ich komme zurück!" Plötzlich und ohne Warnung breitete Roger seine Flügel aus. Sie sprangen auseinander wie von der Sehne geschnellt. Die Größe des wiedererstandenen Roger erschreckte Andrew halb zu Tode. Seine ganze Aussicht war verdeckt, die Scheune, auf der er den kranken Vogel gefunden hatte, genauso wie der Bach, an dem er ihm das Leben gerettet hatte.

„Was tust du?", fragte er Roger. Eine verständliche Frage, denn der große Vogel hatte ihn beim Kragen gepackt und sauste mit ihm mit nervenzerreißender Geschwindigkeit über die Wiese, hin und her.

„Ich muss sicher gehen, dass ich stark genug bin für die Reise. Ich habe viele Meilen vor mir, wie viele, weiß ich nicht. Ich habe Dutzende zu erretten, wie viele, weiß ich nicht. Aber eines weiß ich: Wenn ich dich mitnähme, wärst du einer zu viel. Also bleib da, wo du bist. Klopf nicht mehr an fremde Türen. Mähe eine herzförmige Bahn in diese Wiese. Zwei Morgen lang und einen Morgen breit. Und dieses Erkennungszeichen wird mich leiten, wenn ich mit deiner Berta zurückkomme."

Kapitel 19
Die Gelassene Gertrude

Eine halbe Meile von der Wiese, die Andrew zu einem Herzen umformte, lag ein kleines Dorf. Dorfbewohner, die ihre tägliche Runde machten, waren überrascht einen Fremden zu sehen, der eine Bahn durch das hoch gewachsene Gras, das Unkraut und die Wildblumen mähte. „Wer bist du, von wo kommst du und was erntest du da?“, wollten sie von ihm wissen.

Zwischen zischenden Hieben seiner Sense antwortete Andrew: „Ich bin Andrew. Ich komme von weit her. Was ich ernte? Nichts. Was werde ich in die Scheuer fahren? Liebe. Und zwar für meine Berta, die Verschollene, die mir auf den Flügeln eines

Adlers zurückgebracht wird an dem Tag, an dem ich diese Wiese zu einem Herzen gemacht habe."

Eine Liebste, die verschollen war? Die Flügel eines Adlers? Eine Wiese, die zu einem Herzen wird? Solche Reden zogen natürlich eine Menschenmenge an. Das Dorf leerte sich. Obwohl niemand ernsthaft an Andrews Adler glaubte, wollte doch keiner fehlen, falls und wenn er tatsächlich mit Berta landen sollte. Andrew arbeitete Tag und Nacht, während Bewohner des Dorfes Lagerplätze und Verschläge am Rande des ständig wachsenden Herzens errichteten. Ein neues Dorf entstand aus dem Nichts, mit einem Marktplatz, Geschäften, Kaufleuten, Straßenverkäufern, Handwerkern, Zauberkünstlern, Jongleuren, einer Herberge ... Der Lärm war ohrenbetäubend.

Und am zwölften Tage erschien eine echte Zauberin, eine Wahrsagerin, die gegen ein Entgelt die Zukunft voraussagte. Ihr Name war Gertrude und jeder kannte sie als die Gelassene Gertrude, eine Insel der Ruhe inmitten all der Geschäftigkeit. Sie hatte eine Kristallkugel. Sie verlangte einen Froscherau (etwa so viel wie ein Groschen heute) dafür, dass sie hineinsah.

„Was siehst du, Gelassene Gertrude?", fragte einer aus dem Dorf.

„Ich sehe Bäume." Die Gelassene Gertrude sah nicht alt aus und sie sah auch nicht jung aus.

„Was haben Bäume mit dem Adler zu tun und einer Liebsten, die verschollen ist?“, fragte ein Zweiter.

„Der Adler ist in den Bäumen.“ Die Gelassene Gertrude sah nicht hübsch aus und sie sah auch nicht häßlich aus.

„Was für Bäume?“, fragte ein Dritter.

„Weit weg von hier. Bäume über Bäume über Bäume über Bäume.“ Die Gelassene Gertrude sah nicht wie jemand aus dieser Gegend aus und sie sah auch nicht wie jemand aus irgendeiner anderen Gegend aus.

„Wie weit von hier?“, fragte ein Vierter.

„Näher, als du denkst, weiter, als du dir vorstellen kannst.“ Die Gelassene Gertrude sah nicht groß aus, obwohl sie, wenn sie stand, größer war als jeder andere im Dorf. Aber sie stand niemals. Niemand sah sie herumstehen oder herumlaufen oder ihren Platz hinter der Kristallkugel verlassen.

„Ist die verschollene Liebste in den Bäumen verschollen?“, fragte ein Fünfter.

„Alle sind zwischen den Bäumen, aber nicht alle sind verschollene Liebste.“

Vielleicht lag es an ihrer Stimme, die leise sprach und wie Musik war; oder an ihrer Art, sanft und doch bedrohlich. Oder vielleicht war es ihr starrer Blick, der durch alles hindurchsah und dem doch nichts zu entgehen schien. Was es auch war, die Leute aus dem Dorf glaubten jedes Wort, das die Gelassene Gertrude sagte, obwohl sie rein gar nichts verstanden.

„Und ist diese verschollene Liebste schon gefunden?“, fragte ein Sechster.

„Bist *du* schon gefunden?“ Diese Frage versetzte die Dorfbewohner in große Furcht und sie wussten nicht, warum.

„Wir sind nicht verschollen“, sagte ein Siebter und klang recht zaghaft.

„Da habt ihr eure Antwort!“

Die Leute aus dem Dorf zogen sich zu ihrem Lagerplatz zurück und verbrachten den Rest des Tages und die ganze Nacht damit zu streiten, denn sie konnten sich nicht einigen, was die Gelassene Gertrude ihnen denn nun gesagt hatte.

Der Morgen des dreizehnten Tages graute. Die Leute aus dem Dorf erwachten und sahen in der Ferne die Gestalt Andrews, der mit der Sichel über der Schulter vom hinteren Ende der Wiese zurückkehrte. Ein seltsamer Anblick: Es war das erste Mal in zwei Wochen, dass sie Andrew nicht Gras mähen sahen. Und in der Tat, das Werk war vollbracht. Im funkelnden Zwielicht des frühen Morgens leuchtete das zwei Morgen lange, einen Morgen breite Herz wie ein Buschbrand.

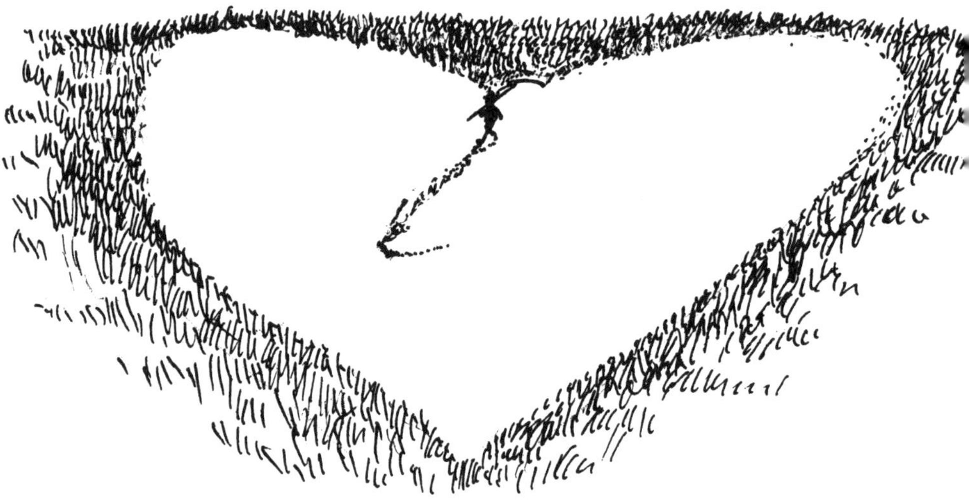

Als Andrew näher kam, sahen die Menschen, dass auch sein Gesicht leuchtete. Sein Lächeln war so strahlend wie der neue Tag. Es hätte ein Lächeln sein können, wie man es sich mit gelungener Arbeit verdient. Oder ein Lächeln der Vorfreude. Er blickte in die falsche Richtung, sonst hätte er den schwarzen Punkt sehen können, der sich schnell aus den fernen rosafarbenen Wolken heranbewegte. Der Punkt nahm Größe und Gestalt an. Die Leute aus dem Dorf konnten irgendeinen Vogel ausmachen, der irgendeine Last trug. Aber Andrew wandte ihm seinen Rücken zu, also war das nicht der Grund, warum er lächelte. Erst als die Menschen sein Lächeln mit Freudenschreien und Sprüngen erwiderten, blickte Andrew über die Schulter, um zu sehen, worum man so viel Aufhebens machte.

Kapitel 20
Der Trinkspruch

Es war, als wären sie nie getrennt gewesen. Sicher, zuerst waren sie etwas schüchtern.

„Bist du das, Andrew?"

„Bist du das, Berta?"

Beide hatten sich verändert. Er war dünner geworden und grau und faltig. Und sie war dick geworden. So dick, dass Roger auf dem Rückflug fünf- oder sechsmal zwischenlanden musste, um wieder zu Atem und zu Kräften zu kommen. Aber welche Spuren die Jahre auch in ihrem Äußeren hinterlassen haben mochten, auf ihre Gefühle hatten sie keinen Einfluss gehabt. Der anfänglichen Verlegenheit folgten Tränen der Rührung und Jahre der Glückseligkeit. Diesen Jahren der Glückseligkeit ging eine Hochzeit voraus, die von Gertrude der Gelassenen im Zentrum des Herzens vollzogen wurde, im Beisein des ganzen Dorfes. Nur Roger war nirgends zu sehen. Gleich nach der Wiedervereinigung der Liebenden hatte er sich in die dunkelste Ecke am äußersten Rand des herzförmigen Feldes verdrückt, völlig erschöpft und verwirrt. Er schämte sich zu sehr, um an der Hochzeit teilzunehmen. Er dachte, er hätte kein Recht dazu. Diese Feier galt nicht ihm. Er hörte die Musik und Fröhlichkeit aus einer Entfernung, die er wohl in seinem ganzen Leben nicht überbrücken konnte. Was wäre im Wald ohne Wiederkehr passiert, wenn Berta entdeckt hätte, wer er wirklich war? Sie hätte sich geweigert mit ihm zu fliegen. Ebenso wie seine anderen Freunde. Roger erschauerte bei dem Gedanken. Der Lärm der Hochzeitsfeier verklang in seinen Ohren und an seine Stelle drängten sich Erinnerungen an die Rückkehr in den Wald ohne Wiederkehr. Welch ein Jubel! Seine alten Freunde verstanden irgendwie auf Anhieb, in welcher Absicht dieser Adler von der edlen Gestalt gekommen war, der hoch über ihnen schwebte. Sie tanzten und tollten, und Berta mittendrin (sie war wegen ihres Umfangs am einfachsten von oben auszumachen).

Roger flog eine Abwärtsspirale, immer langsamer und tiefer, als wollte er ihnen noch mehr Beifall entlocken. Doch das war nicht seine Absicht, ganz im Gegenteil. Je näher er kam, je lauter der Jubel, desto eindringlicher sagte ihm eine innere Stimme: „Flieh!"

Es kostete Roger große Überwindung, nicht umzudrehen und wieder davonzufliegen. Was hätte er zu diesen Freunden sagen können, die er im Stich gelassen hatte? Nicht einen Moment zweifelte er daran, dass die Zettel, die der Berg der Bosheit zu ihm hochgeschleudert hatte, die Wahrheit sagten. Seine Freunde verachteten ihn, sagten diese Zettel. Und das glaubte Roger. Er war von ihnen weggegangen. Rückwarts zwar und ohne zu wissen, wohin er ging – aber trotzdem hatten die Zettel Recht, Tom hatte Recht. Er hätte an seine Freunde denken sollen; er hätte sie mitnehmen müssen. Wie konnte er jetzt landen und sagen: „Hallo! Tut mir Leid, dass ich so spät dran bin, aber besser spät als nie. Ich bin gekommen, um euch zu retten." Wie konnte er das sagen? Wie konnte er irgendetwas sagen? Er konnte es nicht. Und tat's auch nicht.

Nicht ein einziges Wort sprach er in den fünf Tagen und Nächten, die er brauchte, um seine alten Freunde rückwärts aus dem Wald ohne Wiederkehr zu fliegen. Bei blauem Himmel flog er sie heraus, bei grauem, stürmischem, bedecktem und sternenhellem Himmel, jedes Mal zwei, einen in jeder Kralle. Egal wie hoch und weit er flog und bei welchem Wetter, sie vertrauten dem Adler, als wäre er ein alter Freund, ohne zu ahnen, *dass* er ein alter Freund war. „Ich mag diesen Adler", hörte Roger Tim den Troubadour singen. „Ach, wünschst du dir nicht auch, Roger wäre hier und hätte so viel Spaß wie wir?" Er staunte, wie oft „Roger", der Name des Prinzen, im Lauf dieser Flüge fiel. „Das wird Roger nicht glauben, wenn wir es ihm erzählen."

„Wir müssen Roger unbedingt jede Kleinigkeit erzählen, wenn wir das Glück haben sollten ihn jemals wiederzusehen."

„Ich wette, Roger würde den edlen Adler so zum Lachen bringen, dass der ihn fallen lässt."

Wenn er solche Bemerkungen hörte, kam Roger da vielleicht auf den Gedanken, dass seine Freunde ihn *nicht* hassten und dass die Zettel gelogen hatten? Ganz und gar nicht. Nach allem, was er durchgemacht hatte, fand er es einfacher, eine üble Lüge zu akzeptieren, die um einen Felsbrocken gewickelt war, als eine Herz erwärmende Wahrheit, die ein Freund aussprach.

Daher bereitete ihm seine Aufgabe nicht das geringste Vergnügen. Im Gegenteil, er litt gewaltig. Da redeten seine Freunde über ihn und schnatterten fröhlich vor sich hin, ohne auch nur im Geringsten zu ahnen, dass der Prinz, den sie da über den grünen Klee lobten, eben dieser Adler war, der sie in Sicherheit brachte. „Erst lasse ich sie im Stich und jetzt täusche ich sie. Ach, ich bin das größte Ungeheuer unter allen Geschöpfen", dachte Roger. „Kein Wunder, dass sie mich hassen."

Die Worte voller Zuneigung, die seine Freunde sprachen, wandte Roger gegen sich. Bei jedem Flug aus dem Wald ohne Wiederkehr gelang es ihm, Lob in Vorwurf zu verkehren. Er machte sich zu seinem eigenen Felsbrocken, der sich mit seinen eigenen Schmähzetteln verletzte.

Er setzte seine Freunde, die ihn ja jetzt hassten, am äußeren Rand des Waldes ab, auf Straßen, die nur in eine Richtung führten: weg vom Wald ohne Wiederkehr. Die Breite Berta hob er sich bis zum Schluss auf, weil sie den weitesten Weg hatte.

Roger bemerkte nicht, dass die Hochzeitsfeier, die die ganze Nacht getobt hatte, stiller wurde, weil es Zeit für die Trinksprüche war. Becher, Pokale und Humpen voller Met, Wein und Bier wurden auf das Wohl von Andrew und Berta gehoben. Nach der Länge und Herzlichkeit der ausgebrachten Trinksprüche zu urteilen wäre niemand auf die Idee gekommen, dass nur einige Tage zuvor noch niemand etwas von dem glücklichen Paar gehört hatte. Und dann, als ein neuer Morgen anbrach, der erste, seit man Berta und den Adler gesichtet hatte, da war es für Andrew an der Zeit seinen Trinkspruch auszubringen. Er stand im Mittelpunkt des Herzens auf dem Feld. Er hob seinen Becher in die Höhe. „Ich hatte meine Braut verloren, meinen Glauben verloren und war vom Weg abgekommen. Ich fand einen Adler. Und der Adler brachte all das zurück, was ich verloren hatte. Auf meinen Wohltäter, auf meinen Adler!"

Die Menge jubelte, dann verstummte sie. Jetzt war Berta an der Reihe. Die ersten Strahlen des Sonnenaufgangs ließen ihren erhobenen Pokal funkeln. „Obwohl ich doppelt so breit bin und sieben- oder achtmal so viel wiege wie er, hat mich der treue Adler wie ein Baby zurückgetragen in die zärtlichen Arme meines Liebsten. Ich danke ihm, aber das ist nicht genug. Ich bewundere ihn, aber das ist nicht genug. Ich bringe einen Trinkspruch auf ihn aus, aber das ist nicht genug."

„Der Adler! Wir wollen den Adler!", schrie die Menge.

Doch die ganze Nacht hatte niemand den Adler gesehen. Der Held der Feier war von den Feiernden vergessen worden. Roger lag außer Sichtweite in der dunkelsten Ecke am hintersten Rand des herzförmigen Feldes. Er lag zusammengekauert wie ein Felsbrocken, einer jener Felsbrocken, mit denen er sich selbst beworfen hatte. Er fand nicht den Mut sich zu den anderen zu gesellen. Er hatte nicht die Willenskraft sich davonzustehlen. Erschöpft vom Flug, der Rettungsaktion und den Steinen, mit denen er sich beworfen hatte, lag er völlig verloren in der Nacht und bekam nur am Rande mit, dass die Gelassene Gertrude ein Zeichen gegeben hatte, dass es nun an ihr sei, einen Trinkspruch auszubringen. Eigentlich hatte niemand dieses Zeichen gesehen. Niemand hatte sie auch nur die geringste Bewegung machen sehen, und doch waren alle Blicke auf sie gerichtet. Auch Rogers Blick. Mit halb geschlossenen Augen nahm er sie wahr. Die Gelassene Gertrude erhob ihr Glas. Ihre Stimme war kaum mehr als ein Flüstern, aber wie der Wind wehte sie über das dunkle Feld zum versteinerten Roger. „Ich möchte einen Trinkspruch ausbringen auf die zwei, die eins sind."

Die Leute aus dem Dorf jubelten. Endlich einmal verstanden sie Gertrude; sie meinte Andrew und Berta. Über das Gesicht der Gelassenen Gertrude huschte die Andeutung eines Lächelns. Das Lächeln war ein neues Zeichen. Die Menge verstummte. „Und zu guter Letzt", sprach sie, „möchte ich einen Toast ausbringen auf einen, der nicht er selbst ist, sondern jemand anders. Der auf einer SUCHE ist, die ihn weder hierhin noch dorthin führt. Zur Welt gekommen himmelhoch jauchzend, ertrunken in einem Tal der Tränen. Einst ein Taugenichts, zu nichts gut, jetzt gut zu allem und jedem, ohne es zu wissen. Auf Roger!", sagte Gertrude sanft.

„Auf Roger!“, donnerten die Dorfleute voller Leidenschaft.

Im hintersten Winkel des herzförmigen Feldes erschauerte Roger. Ein großes Gewicht, so schwer wie alle Felsbrocken, die auf ihn geworfen worden waren, erhob sich in ihm und bewegte sich durch seinen Körper, als wäre es eine Wolke. Es zerzauste ihm die Federn, richtete seine Flügel auf. Er bekam keine Luft. Er öffnete den Schnabel. Die Wolke floss heraus. Das Gewicht wurde von ihm gehoben. Roger wurde emporgehoben. Er schwebte zum Himmel. Nicht in Geschäften oder in besonderem Auftrag oder auf der SUCHE. Er schwebte zum Himmel, weil er jetzt schwerelos war. Es hielt seinen Körper nicht mehr am Boden. Er schoss hin und her über dem herzförmigen Feld. Er stieg hinauf und tauchte hinab, er schwebte und flog eine Schleife. Hatte Roger auch nicht auf seine alten Freunde gehört, so hatte er doch auf Gertrude gehört. Irgendwie war sie zu ihm durchgedrungen. Mit dem, was sie gesagt hatte; mit dem, was sie ungesagt gelassen hatte. Ihr Toast hallte in Roger wider wie eine gewaltige Kirchenorgel. Seine Lebensgeister schwangen sich empor. Und weil er immer noch ein Adler war, schwang er sich mit ihnen empor.

Kapitel 21
Aufwarten und Abwarten

Am Abend, nach einem weiteren Tag des Feierns, sank Roger im langsamen Gleitflug hinab (seine erste Landung nach zwölf Stunden), um der Gelassenen Gertrude eine Besuch abzustatten.

„Bevor ich gehe, wollte ich dir danken."

Sie war nicht im Geringsten überrascht den Adler sprechen zu hören. Nichts überraschte sie. Sie war gelassen.

„Du allein weißt, wer ich bin", sagte Roger.

„Ja, ich weiß, aber weißt du es?", fragte Gertrude in ihrer unnachahmlichen Art, die darin bestand, dass sie zwar viel zu sagen schien, aber niemand wusste, was.

„Ich bin himmelhoch jauchzend auf die Welt gekommen. Den Teil verstehe ich. Und dann hast du gesagt: ‚... in einem Tal von Tränen ertrunken.' Das bin ich aber nicht. Du hast mich befreit. Ich schwebe, ich ertrinke nicht." Rogers Augen blickten tief in die von Gertrude. Sie sagte nichts. Sie lächelte nur. „Ich ertrinke nicht und ich bin nicht in einem Tal der Tränen. Alles, was ich will, ist eine Erklärung."

Gertrude lächelte gelassen. „Warte ab."

Roger schüttelte ungeduldig den Kopf. „Und Lady Sadie?"

Gertrude lächelte gelassen. „Warte ab."

„Wie kann ich warten, wenn ich nicht weiß, ob sie am Leben ist oder tot? Die Zettel haben gesagt, dass sie tot ist."

„Warte ab", sagte die Gelassene Gertrude.

„Warten? Ich will ja nicht unhöflich sein, aber ständig sagst du: ‚Warte ab.' Ich habe drei Jahre im Wald ohne Wiederkehr gewartet. Ich sehe beim besten Willen nicht, wozu es gut sein soll, noch länger zu warten", stammelte Roger ratlos.

Die Gelassene Gertrude lächelte gelassen. „Was ist Lady Sadie?"

Roger wusste nicht, was er sagen sollte. „Was meinst du damit: ‚Was ist sie?' Lady Sadie ist – Sie ist eine Lady – Sie ist eine Lady –" Er hielt inne, den Schnabel weit geöffnet.

„Eine Lady? Was für eine Lady?" Als wollte Gertrude ihn einer Prüfung unterziehen.

„Sie ist eine Lady Sadie ... Sie ist eine ... eine ..." Roger grübelte. Bei Prüfungen hatte er nie sonderlich gut abgeschnitten. Das brauchte er als Prinz auch nicht. „Sie ist eine Zofe, die ihrer Prinzessin die Aufwartung macht", rief er schließlich entnervt.

„Was tut sie also?", fragte Gertrude gelassen.

Das war fast zu viel für Roger. Wenn Adler schwitzen könnten, er hätte geschwitzt. Seine Adlerstirn zog sich in Falten und eine Weile sagte er gar nichts.

„Sie wartet auf und vielleicht auch ab?", fragte er zaghaft. „Zofen warten auf und ab?"

Die Gelassene Gertrude nickte gelassen.

„Du meinst, Lady Sadie wartet auf und ab?", fragte Roger aufgeregt. „Sie ist am Leben ... und wartet?"

Roger war von seiner Reaktion selbst überrascht. Warum kribbelte sein ganzer Körper? Gewiss, er mochte Lady Sadie. Aber er mochte jeden, warum sollte er also entzückt darüber sein, dass Lady Sadie wartete? Weil er diesen Gedanken nicht weiter vertiefen wollte, wechselte er das Thema. „Und Prinzessin Petulia? Ist sie vor dem Riesen errettet worden? Ist sie verheiratet, wie es die Felsbrocken behauptet haben?"

„Sie wartet ab", sagte die Gelassene Gertrude.

„Prinzessin Petulia wartet ab?"

„Sie wartet ab", sagte die Gelassene Gertrude.

„Prinzessin Petulia wartet ab und Lady Sadie wartet auf?"

Die Gelassene Gertrude lächelte gelassen.

„Alle warten? Und mein Freund Tom?"

„Er wartet."

„Er wartet, sie wartet, alle warten." Roger seufzte. „Ich bin ganz und gar nicht sicher, dass mich deine Antworten weiterbringen."

Die Gelassene Gertrude schenkte Roger ihr gelassenstes Lächeln. „Wart's ab", sagte sie.

Kapitel 22
Die Verwandlung

Roger der Adler flog über ein Meer, das silbern im Mondlicht schimmerte. Er verspürte – ja, was denn? – ach, so viele Dinge. Seelenfrieden zum Beispiel. Er musste nur abwarten ... und er würde Lady Sadie finden ... und Prinzessin Petulia kennen lernen. Er verspürte neuen Eifer für seine SUCHE. Was und wo es auch war, er musste nur abwarten, bis er der unbekannten Herausforderung gegenüberstand, und dann wäre er ein gemachter Mann. Damit wäre seine Reise beendet. Und sein Leben als Adler? Früher oder später würde auch das vorbei sein. In gewisser Weise war das schade: Er war ein hervorragender Adler gewesen. Konnte er ein ebenso hervorragender Mensch sein? Würde das sehr viel schwerer sein?

Er fühlte sich – man konnte es nicht anders sagen – gelassen, als er zurückflog zum Felsgrund der Fiesheit. „Warte nur, bis ich Tom rette. Er muss denken, dass ich ihn vergessen habe. Jede Wette, dass er mir verzeihen wird, und wir werden wieder die besten Freunde sein.“ Dieser herrliche Traum von einer Freundschaft ließ Roger höher und schneller fliegen, mit dem Mond um die Wette über das silberhelle Meer. „Warte nur, bis ich Tom und Lady Sadie rette“, dachte Roger gelassen. „Warte, bis ich Prinzessin Petulia rette.“ Eine Menge spannender Warterei wartete auf ihn. All die Dinge, auf die er bereit war zu warten, stiegen vor seinen Augen auf wie eine goldene Treppe, die zum Mond hinaufführte und ins Meer hinabtauchte. „Oh, ich kann's kaum abwarten!“, dachte Roger vor sich hin und sein Herz zerschmolz vor lauter Freude.

In diesem Augenblick bemerkte er, dass er an Höhe verlor. Irgendetwas stimmte mit seinen Flügeln nicht. Er wandte seinen Adlerkopf, um zu sehen, was es war.

Oh, oh! Seine Flügel verloren Federn, sie wurden wieder zu Armen.

„Das musste ja so kommen!“, seufzte Roger, der ehemalige Adler, als er ins Meer tauchte.

Kapitel 23
Das Tal der Tränen

Jemand küsste ihn. Warum spuckte er ihr Wasser ins Gesicht, wenn sie so nett war ihn zu küssen? Eine Fremde. Sie küsste ihn. Wasser strömte ihm aus dem Mund. Sie küsste ihn. Wasser strömte ihm aus der Nase. Sie küsste ihn. War da nicht irgendetwas, was er jetzt normalerweise tun sollte? Aber was? Noch etwas außer Wasser speien.

„Hol Luft“, sagte eine sanfte Stimme.

Ah! Das war's! Atmen! Aber wie konnte er atmen, wenn diese Fremde, die ihn in ihren Armen hielt, sich ständig über ihn beugte und ihn küsste? Irgendwie gelang es ihm trotzdem zu atmen. Er fing an zu husten. Er hustete eine ganze Weile.

„Hol tief Luft“, beharrte sie.

Die hatte gut reden, so einfach war das nicht. Er brauchte eine ganze Minute, aber dann hatte er gelernt gleichzeitig zu atmen und zu husten. Und zu keuchen obendrein. Atmen, husten, keuchen. Mit einem bisschen davon kommt man schon ziemlich weit, und bald fühlte er sich fast wieder bereit am Leben zu sein. Er sah auf von dem Schoß, in dem sein Kopf lag, in das Gesicht, das ihn gerettet hatte. Das Gesicht war so schön, dass es ihm den Atem verschlug. Genau das konnte er sich allerdings nicht leisten. Er begann wieder zu husten und zu keuchen. „Wie nennt man das?“, waren die ersten Worte, die Roger an die schöne Fremde richtete.

„Wie nennt man was?"

„Was du getan hast, diesen Küsskram?"

„Das nennt man den lebensrettenden Kuss. Ich möchte mich dafür entschuldigen, dass ich ihn dir gegeben habe, bevor wir uns richtig miteinander bekannt gemacht haben."

„Ich wäre sonst ertrunken."

„Du bist ins Meer gefallen. Genau da." Sie zeigte auf eine Stelle, die etwa eine halbe Meile entfernt lag. Roger bemerkte eine Spur von Federn, die im Wasser trieben.

„Wie hast du mich gerettet?"

„Ich bin zu dir hingeschwommen. Wie hätte ich dich sonst retten können?"

Roger hatte keine Ahnung, wo er war. Er schien sich auf einer Art großem Floß zu befinden. Aber das Floß trug Hemd und Hose. „Du bist von hier bis ganz dahinten geschwommen?" Er sah die schöne Frau an. Sie war ziemlich klein.

„Ich bin eine ausgezeichnete Schwimmerin", sagte sie leise.

„Und dann bist du mit mir zurückgeschwommen? Und hast mich auf dieses Floß gezogen? Und mir den lebensrettenden Kuss gegeben?"

„Du hättest das Gleiche für mich getan."

„Das könnte ich nicht; ich kann gar nicht schwimmen. Außerdem bin ich es, der fürs Erretten zuständig ist. *Ich* bin auf der SUCHE." Roger klang gereizt.

„Ich bin sicher, du hast dein Erretter-Soll mehr als erfüllt."

„Und jedes Mal, wenn mich jemand rettet, ist es eine Frau." Diese Erkenntnis schien ihn zu wurmen. „Erst Lady Sadie und jetzt du."

Die schöne Frau strahlte, als er Lady Sadie erwähnte. „Dann musst du Prinz Roger sein. Lady Sadie ist meine Zofe und ich bin Prinzessin Petulia!“

Prinzessin Petulia schenkte Roger ein Lächeln von lähmendem Glanz. Aber Roger interessierte sich zu sehr dafür, was aus Lady Sadie geworden war, als dass er es bemerkt hätte. „Ist Lady Sadie am Leben?“

„Oh ja.“

„Und geht es ihr gut?“

„Es geht ihr gut.“

„Wo ist sie?“ Roger sah sich um. Keine Spur von Lady Sadie.

„Sie ist entführt worden.“

„Ich dachte, *du* wärst entführt worden.“

„Ich *bin* entführt worden.“

„Wo ist dein Entführer?“ Roger blickte sich um.

„Du sitzt auf ihm. Ich sitze auf ihm, dem Armen. Dieses Floß ist mein Entführer.“

Roger versuchte aufzustehen; dabei stolperte er. Prinzessin Petulia streckte ihre Hand aus, aber er war zu stolz weitere Hilfe von ihr anzunehmen. Er schaffte es, wenn auch langsam und wacklig, sich ganz allein zu erheben. Zu seinem Erstaunen sah er, dass er auf dem fünften Hemdknopf von oben eines Riesen stand, der tot im Wasser trieb.

„Ist das der Riese, der dich entführt hat?“

„Das ist eine lange Geschichte“, sagte Prinzessin Petulia, die jetzt auch aufgestanden war und sich so hinstellte, dass sie Roger notfalls auffangen konnte.

„Ist er tot?", fragte Roger.

„Das ist eine lange Geschichte."

„Kommt Lady Sadie in der Geschichte vor?" Wenn nicht, wollte Roger sie gar nicht hören.

„Sie spielt eine wichtige Rolle."

„Dann bin ich ganz Ohr", sagte Roger und ließ sich der Länge nach auf den toten – oder nicht so toten – schwimmenden Riesen fallen.

Bevor sie mit ihrer Geschichte anfing, rückte Prinzessin Petulia ihren Schleier

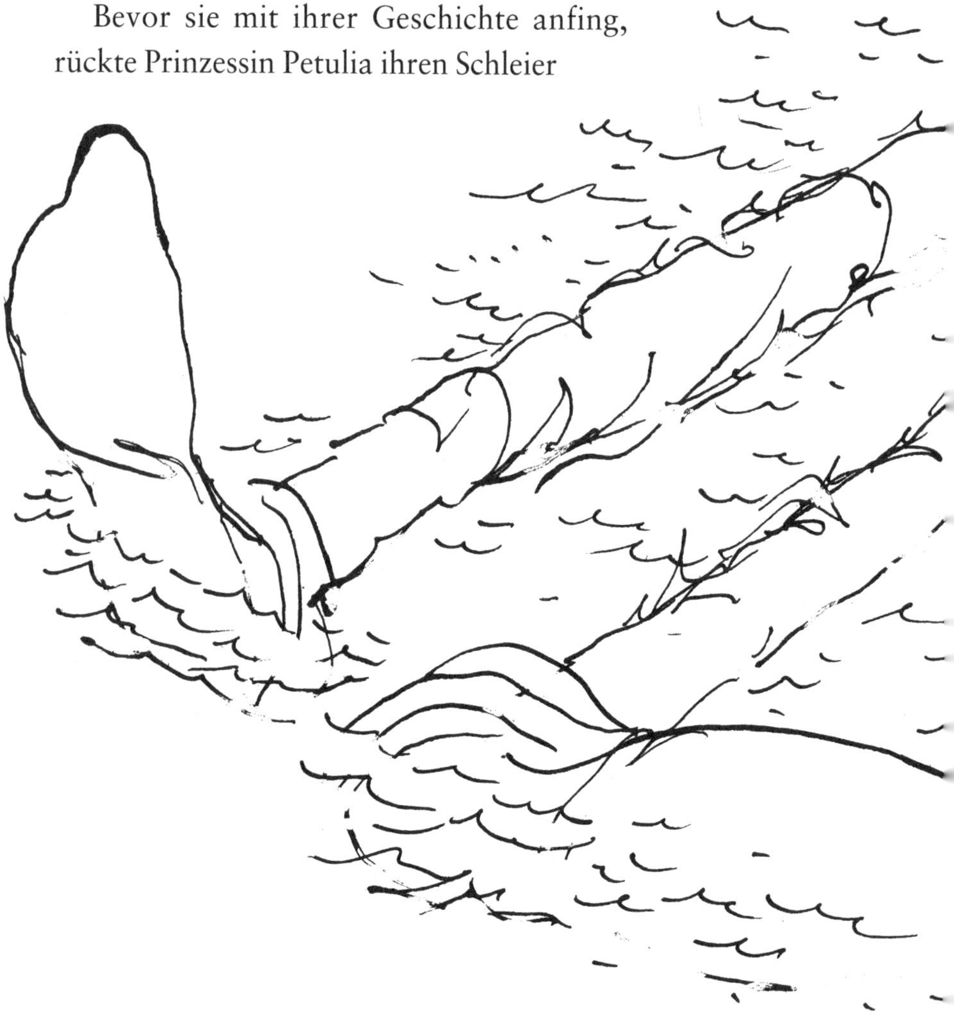

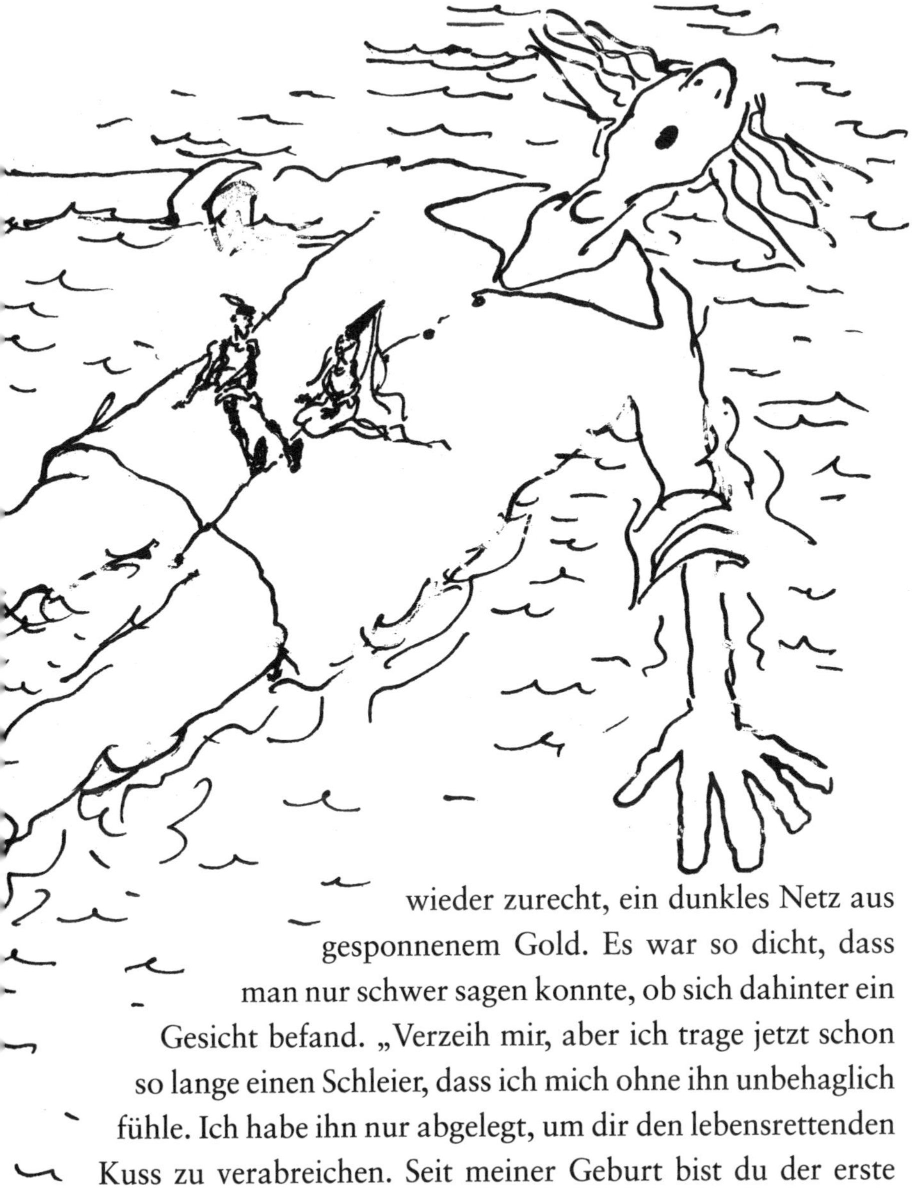

wieder zurecht, ein dunkles Netz aus gesponnenem Gold. Es war so dicht, dass man nur schwer sagen konnte, ob sich dahinter ein Gesicht befand. „Verzeih mir, aber ich trage jetzt schon so lange einen Schleier, dass ich mich ohne ihn unbehaglich fühle. Ich habe ihn nur abgelegt, um dir den lebensrettenden Kuss zu verabreichen. Seit meiner Geburt bist du der erste Mann, der mir voll ins Gesicht gesehen hat, ohne zu Stein zu erstarren. Wenn du mich jedoch weiter anguckst –" Sie zögerte. „Es ist besser, das Schicksal nicht herauszufordern."

Ihr entging nicht, dass Roger verdutzt guckte. „Findest du mich nicht atemberaubend – ja, geradezu lähmend – schön?“

Roger runzelte die Stirn. „Jetzt? Oder vorhin?“

„Jetzt kannst du mich ja nicht sehen. Vorhin natürlich.“

„Hör mal, ich werde mich nicht in Stein verwandeln, wenn es das ist, was dir Sorgen macht.“

„Lässt mein Aussehen nach?“ Prinzessin Petulia klang erfreut.

„Ich will ja nicht deine Gefühle verletzen oder so –“

„Bitte sei ehrlich.“

Roger wünschte, er könnte es auf nettere Weise sagen. „Du bist die schönste Frau, die ich jemals gesehen habe, aber ... du bist älter als ich, nicht wahr?“

Roger spürte deutlich, wie sich die Luft abkühlte. Der Abkühlung folgte eine Stille. Abkühlung und Stille dauerten eine ganze Weile fort – viel zu lange, fand Roger –, dann seufzte Prinzessin Petulia und begann mit ihrer Geschichte.

„Ich wurde mit einer so atemberaubenden Schönheit gesegnet, dass von meiner Geburt an dieser Segen mein Fluch war. Der Leibarzt des Königs, der mich zur Welt brachte, warf einen Blick auf mich, sagte: ‚Es ist ein wunderschönes M-‘, und wurde zu Stein. Der erste Junge, der mein Spielkamerad wurde – damals war ich drei –, der Herzog von Herzversagen, hob zum Spaß den Schleier, den man mir seit meiner Geburt auferlegt hatte. Auch er wurde zu Stein. Meine Mutter, die Königin, war der Meinung, dass meine bleibenden Zähne nicht gerade wuchsen. Sie ließ den Königlichen Zahnarzt kommen. Er bettelte darum, mich nicht untersuchen zu müssen. ‚Untersuche nur ihre Zähne und dir wird kein Leid geschehen', versicherte ihm meine Mutter. Über jeden anderen Teil meines Gesichtes wurde ein Tuch gelegt. Der Zahnarzt beendete seine Untersuchung und meine Mutter behielt Recht: Ihm war kein Leid geschehen. Der arme Kerl wurde etwas übermütig. Er sagte zu mir: ‚Nun, meine kleine Prinzessin, das hat doch überhaupt nicht wehgetan, oder? Na, bekommt dein guter Freund, der Königliche Zahnarzt, auch ein kleines Lächeln?' Ich lächelte. Mein Lächeln ist atemberaubend schön. Der Zahnarzt wurde zu Stein.

Als ich volljährig wurde, versprach mein Vater, der König, jedem Freier von edler Geburt, der mir ins Gesicht sehen konnte, ohne zu Stein zu erstarren, einen Schatz aus Gold und mich zur Frau. Freier von königlicher Geburt reisten aus allen Himmelsrichtungen an, um die Herausforderung anzunehmen. Alle waren sie jung, stattlich, stark und tapfer. Alle sind jetzt Stein. So ging es Jahr für Jahr. Und du hast Recht, ich bin kein Küken mehr – bleibe aber nichtsdestoweniger schön. Hunderte von steinernen Statuen säumen die Wände des Palastes, jede lehnt sich vor und streckt einen Arm aus. Daumen und Zeigefinger kleben zusammen, für alle Ewigkeit in einer Bewegung geronnen, dem Lüften eines Schleiers.

Habe ich um irgendeinen dieser steinernen Freier getrauert? Nein. Wie denn auch? Sie hatten alle vor mir versagt. Mein Herz verhärtete sich vor ihnen. Ich selbst versteinerte.

Und dabei blieb es, bis der Riese kam. Er war nicht adlig. Aber er war groß. So groß wie drei hohe Eichen übereinander.

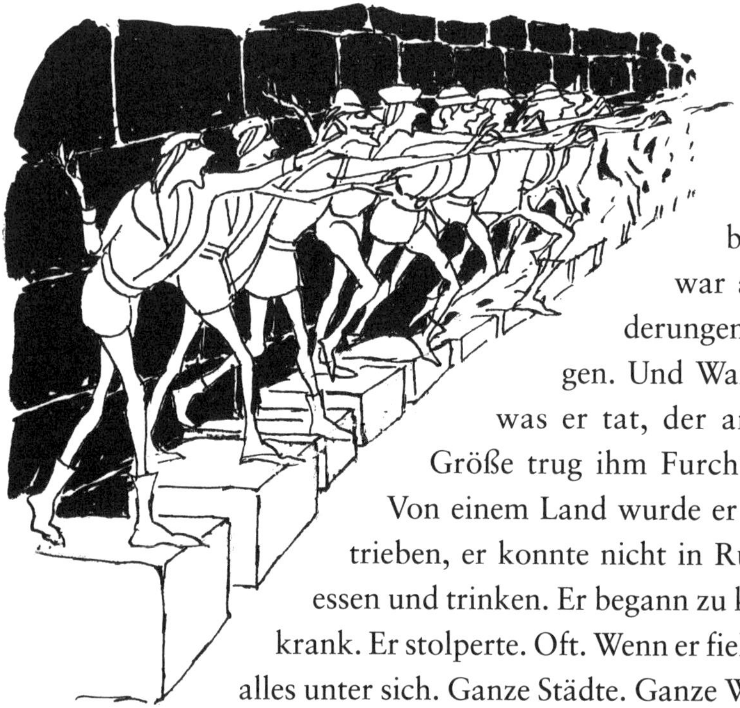

Die Kunde von meiner atemberaubenden Schönheit war auf seinen Wanderungen zu ihm gedrungen. Und Wandern war alles, was er tat, der arme Kerl. Seine Größe trug ihm Furcht und Hass ein. Von einem Land wurde er ins nächste vertrieben, er konnte nicht in Ruhe und Frieden essen und trinken. Er begann zu kränkeln. Wurde krank. Er stolperte. Oft. Wenn er fiel, zerquetschte er alles unter sich. Ganze Städte. Ganze Wälder.

Er verbrachte mehr Zeit damit zu fallen, als aufrecht zu stehen. Man begann ihn zu verhöhnen. Er heißt Philipp, aber seine Feinde nannten ihn jetzt Flop. Flop, der fallende Riese. In seinem fiebrigen Zustand verfiel er in den Glauben, dass man ihn lieben würde, wenn er mich errettete. Er war überzeugt, dass er mich gefahrlos ansehen konnte, denn wenn er meinen Schleier lüftete, würde die Entfernung zwischen seinem Kopf und meinem eine Achtelmeile betragen.

Aber er ist nicht von königlicher Geburt. Ihm

war sehr wohl klar, dass mein Vater, der König, seine Armeen losschicken würde, um ihn totzuschlagen, bevor er hinter die Mauern des Schlosses gelangt wäre. Er wusste also, dass er seinen Plan geheim halten musste.

Es war ein einfacher Plan. Eines Morgens würde er über die Schlossmauern steigen und mich entführen. Und mich so schnell und weit davontragen, dass ihn die Reiter meines Vaters niemals finden würden.

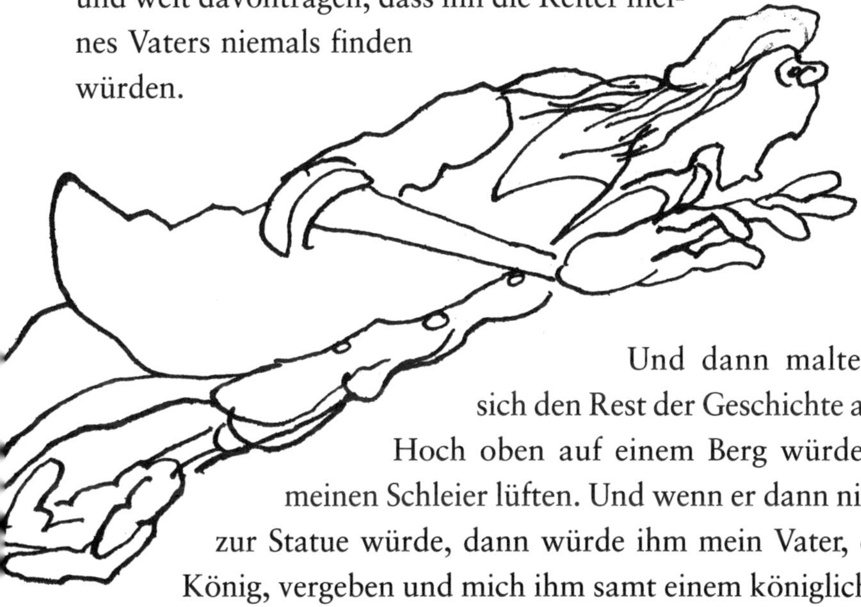

Und dann malte er sich den Rest der Geschichte aus. Hoch oben auf einem Berg würde er meinen Schleier lüften. Und wenn er dann nicht zur Statue würde, dann würde ihm mein Vater, der König, vergeben und mich ihm samt einem königlichen Lösegeld in Gold zur Frau geben. Und so würden der Riese und ich heiraten.

Das war also sein Geheimnis, wenn man es so nennen kann. Denn Philipp, wie ich ihn nenne, und Flop, wie andere ihn nennen, führt Selbstgespräche. Er hat ja niemanden sonst, mit dem er reden könnte. Und da er so groß ist wie drei Eichen übereinander, überwindet seine Stimme große Entfer-

nungen. Bis hin zur Königlichen Garde meines Vaters, die sich bereitmachte, Philipp zu töten, sobald er auch nur einen Fuß in das Königreich setzte.

Ich erfuhr von dem Plan, den Riesen zu töten, der seinerseits plante mich zu entführen. Aus unerfindlichen Gründen wollte ich, dass der Riese die gleiche Chance bekam wie die siebenhundert Statuen, die die Wände des Schlosses säumen. ‚Lass ihn meinen Schleier lüften!', flehte ich meinen Vater, den König, an. Leider hört er aber nicht mehr auf mich. Und warum auch? Ich bin eine große Enttäuschung für ihn. Ich bin eine atemberaubende Schönheit, die ihren Eltern, dem König und der Königin, nicht einen einzigen Moment der Ruhe und des Vergnügens geschenkt hat. Mein Vater erhörte mein Flehen nicht. Flop, der Riese, sollte totgeschlagen werden.

Warum sollte das einer Prinzessin mit einem Herzen aus Stein etwas ausmachen? Die Antwort darauf kann nur lauten, dass ich eigenartig bin. Prinzessin Petulia, die Eigenartige. Ich entführte mich selbst.

Ich floh aus dem Schloss schon Wochen bevor man mit der Ankunft des Riesen rechnete. Ich machte mich nach ihm auf die Suche. Er war nicht schwer zu finden. Ich musste nur dem Klang einer Stimme folgen, die Geheimnisse erzählte. Es dauerte viele Meilen und viele Tage, aber schließlich fand ich ihn. Er lag auf dem Rücken in einem seichten Gebirgsbach. Er war einige Tage zuvor hingefallen und war zu schwach, um wieder auf die Beine zu kommen. Er sah furchtbar krank aus. Aber lieb, ach, so lieb. Ich verspürte den Drang zu helfen. Ja, mein steinernes Herz war gerührt. Was es dazu brachte, sich zu regen, warum ich zuließ, dass es sich und mich rührte – das frage ich mich bis heute und habe keine Antwort. Ich versuchte ihm beim Aufstehen zu helfen. Es ging nicht. Er war zu groß. Ich versuchte Essen für ihn zu finden. Ich kann fischen; mein Vater, der König, hat mir das Fischen beigebracht. Aber die paar Guppys, die ich aus dem Bach fischte, waren für den Riesen nicht mehr als ein kleiner Bissen. Ich konnte nichts tun, um ihn zu retten.

Ich bin eine Prinzessin. Ich komme aus einem mächtigen Königreich. Ich bin selber mächtig. Ich kann Männer zu Stein verwandeln, aber ich konnte nicht den seichten Bach, in dem der Riese im Sterben lag, in einen Fluss voller Fische verwandeln, die ihn am Leben halten würden. Ich weinte. Zum erstem Mal in meinem Leben. Ich habe anderen Tränen beschert, hunderten anderen, aber ich hatte niemals gespürt, wie eine salzige Träne an meiner eigenen Wange herunterlief. Ich wusste nicht, warum ich weinte. Aus Hilflosigkeit? Aus Wut? Ich weinte und weinte und weinte. Tränen, die sich zuerst wie kleine Schneeglöckchen angefühlt hatten, blühten auf zur Größe von Pfingstrosen. Sie fielen wie ein Wolkenbruch. Sie fielen in Strömen. Sie wurden zum Strom, zur Flut. Die Flut trat über die Ufer des kleinen Gebirgsbaches. Aus den Tränen wurden Wellen, aus den Wellen das Meer. Das gleiche Meer, auf dem wir treiben, das gleiche Meer, in das du gefallen bist –"

„Ertrunken in einem Tal der Tränen", sinnierte Roger und wiederholte damit die Worte, die die Gelassene Gertrude gebraucht hatte. Hätte er jetzt einen Blick unter den Schleier geworfen, dann hätte er den überraschten Ausdruck auf dem atemberaubend schönen Gesicht von Prinzessin Petulia gesehen. „Woher wusstest du das?"

„Woher wusste ich was?"

„Ich habe dieses Meer ‚Das Tal der Tränen' genannt. Ich habe Tag und Nacht ohne Unterbrechung gefischt. Ich fing zweihundert Streifenbarsche und fütterte den Riesen damit.

Für ihn war es nur ein Bissen, aber dieser Bissen munterte ihn auf. Er konnte nicht aufstehen, aber er konnte sprechen. Das anregendste Gespräch, das ich jemals mit einem Mann geführt habe. (Was nicht viel heißen will, denn alle andern wurden vorher zu Stein.) Worüber wir geredet haben? Schwer zu sagen. Er ist nicht sonderlich gebildet, eigentlich überhaupt nicht. Aber weil er so groß ist, sieht er vieles. Er ist ein guter Beobachter. Wenig entgeht ihm. Wogegen mir, hinter meinem Schleier, alles entgeht. Ich habe viel vom Riesen gelernt. Unsere Gespräche erweichten mein Herz aus Stein.

Tagsüber redeten wir, nachts fischte ich. Nach einem Monat war er wieder so weit bei Kräften, dass er an flachen Stellen aufstehen konnte. Er machte drei, vier Schritte und fiel wieder ins Meer. Und da hast du uns gefunden. Wir treiben hier seit Monaten. Mal scheint er dem Tode nahe, dann geht es ihm wieder besser. Immer wieder habe ich ihm das Leben gerettet. Vor plündernden Piraten. Vor Raubvögeln. Ich fische, wir reden miteinander. Wenn er sich dazu in der Lage fühlt, darf ich ihm Fragen stellen und er erzählt mir alles, was ich wissen will. Mehr als einmal hat er mich hinter meinem Tränenschleier zum Lachen gebracht, während wir hier im Tal der Tränen trieben.

Eines Tages, vor nicht allzu langer Zeit, fiel ein Blatt hier ins Meer. Warum ich dieses Blatt überhaupt bemerkt und aus dem Wasser gezogen habe? Ich habe nicht die geringste Ahnung. Wie du dir sicherlich schon gedacht hast, war dieses Blatt Lady Sadie, meine liebe Freundin, meine Zofe. Wochenlang war sie auf der Suche nach mir durch die Gegend geweht. Nach zwei Tagen wurde sie wieder sie selbst und wir fielen uns in die Arme. Sie berichtete mir von Prinz Roger und seiner SUCHE. Deiner SUCHE. Und dass du kommen würdest, um mich zu erretten und meinen Schleier zu lüften. Und dass du *nicht* zu Stein erstarren würdest. Ich bezweifelte das. Aber sie hatte Recht. Ich denke, ich sollte das als gute Neuigkeit betrachten. Und in gewisser Weise tue ich das auch. Mein armer Riese, Philipp, hat mich immer noch nicht ohne Schleier gesehen. Ich habe Angst davor, wie sich der Schock auf ihn auswirken könnte. Aber auf dich" – sie hielt einen Augenblick inne – „scheine ich keinerlei Wirkung zu haben. Ich nehme an, der nächste Schritt besteht darin, dass wir zu meinem Vater, dem König, zurückkehren, deine Belohnung kassieren und heiraten." Diesen letzten Satz sagte sie im Flüsterton, als ob sie nicht wollte, dass der Riese ihn hörte.

„Ich bringe dich nicht zum Lachen, du verwandelst mich nicht zu Stein; ich würde sagen, wir sind wie geschaffen füreinander", sagte Roger ohne große Begeisterung.

„Warum sollte ich lachen? Hast du etwas Komisches gesagt?", fragte Prinzessin Petulia.

„Du sagtest, Lady Sadie sei entführt worden?", fragte Roger und kam wieder auf den Menschen zu sprechen, der ihm nicht aus dem Sinn ging.

„Eine Woche bevor du vom Himmel gefallen bist, kam ein Bandit übers Meer. Es war Nacht. Er hat uns überrumpelt, sonst hätten wir ihn vielleicht vertreiben können wie die Piraten und Plünderer, die ich schon früher vertrieben hatte. Er schien aus dem Nichts zu kommen. Ich konnte mich gerade noch in der Hemdtasche des Riesen verstecken, Lady Sadie dagegen rutschte auf einem meiner Schleier aus und musste dem Banditen entgegentreten. Ich hasste es, sie damit allein zu lassen, aber ich hatte einen Riesen zu beschützen.

Aus dem Mann war kein vernünftiges Wort herauszubekommen. Er schien mir ein bisschen verwirrt. Er sagte, sein bester Freund habe ihm Unrecht getan und er wolle es ihm heimzahlen, indem er die Prinzessin entführte, nach der jener Freund auf der SUCHE sei. Also schnappte er sich Lady Sadie und schwamm mit ihr davon."

Roger wurde leichenblass.

„Du siehst krank aus", sagte Prinzessin Petulia. „Als ob du gleich ohnmächtig würdest. Ich finde dich zum ersten Mal fast nett. Du erinnerst mich an meinen Riesen."

„Wo ist sie? Ich muss sie erretten!"

„Ich hatte den Eindruck, ich sei diejenige, die du erretten solltest."

Als Antwort darauf sprang Roger ins Meer und schwamm zum ersten und einzigen Mal in seinem Leben. Erst in eine Richtung, dann in die andere. „In welcher Richtung ist Land?", rief er Prinzessin Petulia zu.

Sie zeigte nach Süden. „Soll ich dich zu meiner Rettung zurückerwarten ... oder nicht? Ich will deine Gefühle nicht verletzen, aber es ist mir eigentlich egal!", rief sie ihm hinterher.

Rogers Stimme kam aus einer Viertelmeile Entfernung. „Warte nicht auf mich!"

Kapitel 24

Tom kommt ins Buch zurück

Lady Sadie und Tom unterhielten sich miteinander. Seitdem er sie entführt hatte, hatten sie eine ganze Reihe solcher Unterhaltungen geführt, und alle waren mehr oder weniger gleich verlaufen.

Tom sagte etwas wie: „Ich finde, wir sollten heute aufbrechen. Jetzt gleich."

Und Lady Sadie antwortete dann: „Und was ist mit Roger?"

Was wiederum Tom veranlasste zu sagen: „Ich habe die Nase voll davon, auf Roger zu warten. Wenn er dich wirklich retten wollte, wäre er längst hier."

In der Regel fanden diese Gespräche nach dem Abendessen statt, über der letzten Glut eines Lagerfeuers. Sie befanden sich in einem Wald, jedoch nicht im Wald ohne Wiederkehr, dem Himmel sei Dank. Dieser Wald hatte viele Ein- und Ausgänge. Und es war taghell hier, denn die höchsten Bäume waren nicht einmal einen Meter hoch. Deswegen hieß der Wald auch der Kleine Wald.

Alles im Kleinen Wald fiel klein aus, von den Bäumen über die Blumen bis zu den Teichen (die nicht größer waren als Badewannen) und den Wanderpfaden (die so schmal waren, dass man sich seitwärts auf ihnen fortbewegen musste). Hierher also hatte Tom Lady Sadie gebracht (die er für Prinzessin Petulia hielt). Er wollte, dass Roger sie schnell fand, damit er es ihm schnell heimzahlen konnte.

Tom hatte diesen Plan ausgeheckt, kurz nachdem Roger der Adler ihn mitten im Felsgrund der Fiesheit abgesetzt hatte. „Dies ist ein weiterer Grund, es ihm heimzuzahlen", dachte Tom, während er zwei Tage und Nächte auf ein paar Felsbrocken herumsaß. Er war nicht so wütend, dass er Roger umbringen wollte. Über den Punkt war er hinweg. Aber er war wütend genug, um ihn besiegen, bestrafen und demütigen zu wollen, damit Rogers Zukunft düster und sein Leben ein Trümmerhaufen war. Ein solches Vorgehen, schien es Tom, zeugte insgesamt von mehr Reife und versprach genauso viel Genugtuung.

Nach drei Tagen war sein Plan ausgereift. Er würde nicht Roger zerstören, sondern seine SUCHE. So wie Roger es dargestellt hatte, bestand das Ziel seiner SUCHE darin, Prinzessin Petulia zu erretten. Also würde ihm Tom einen Strich durch die Rechnung machen, indem er zuerst bei ihr war. Das dürfte eigentlich kein besonderes

Problem sein. Alles, was er dazu tun musste, war, das Buch so oft zu verlassen und wieder zu betreten, bis sie ihm über dem Weg lief.

Er hatte Glück. Sein fünfter Versuch brachte ihn ins Kapitel „Tal der Tränen". Das Erste, was er sah, war ein Floß. Er hatte ja keine Ahnung, dass es ein Riese war! Das Zweite, was er sah, war die verhüllte Gestalt der Prinzessin Petulia. Er hatte ja keinen Schimmer, dass es Lady Sadie war! So ist das manchmal mit dem Glück. Selbst wenn es auf deiner Seite ist, führt es dich gern ein bisschen an der Nase herum.

Nun war Lady Sadie weiß Gott nicht auf den Kopf gefallen. Sie hätte sich sicherlich nicht entführen lassen, wenn es ihr nicht in den Kram gepasst hätte. Aus zwei Gründen ließ sie zu, dass Tom sie entführte. Erstens um Prinzessin Petulia zu schützen, die sich in der Hemdtasche des Riesen versteckt hielt. Zweitens war sie sicher, dass Roger kommen würde, um sie zu erretten. Und sollte es Roger nicht allein gelingen, Tom zu besiegen, dann konnte sie sicher auch noch etwas dazu tun.

Lady Sadie hatte keine hohe Meinung von Tom. Der Roger, den sie zu bewundern begann, sollte bei der Wahl seiner Freunde mehr Geschmack beweisen. In ihrer direkten Art hatte sie ein Wort für Tom gefunden. Das Wort lautete „Stoffel".

Und womit haben sie die ganze Woche ausgefüllt, Tom und Lady Sadie? *Sie* füllte die Zeit aus, indem sie ihn aufzog. „Prinz Roger ist bloß ein Jüngelchen. Du dagegen bist ein erwachsener Mann. Stark. Mächtig."

„Genau das denke ich auch", erwiderte Tom.

„Er ist ein Prinz auf der SUCHE. Er denkt, dass ihm das

Glück hold ist. Er wird sich völlig überschätzen und einem Mann wie dir nicht gewachsen sein."

„Es ist ganz erstaunlich, dass zwei Menschen so verschiedener Herkunft doch so ähnlich denken können", sagte Tom.

„Und wenn du nach Gutdünken mit ihm verfahren bist, können du und ich zu meinem Vater, dem König, gehen –"

„Warum sollte ich das tun wollen?", fragte Tom.

„Und ich werde meinen Schleier abnehmen –"

„Du beliebst zu scherzen!", rief Tom aus.

„Aber er wird uns nicht die Erlaubnis zur Hochzeit erteilen, wenn ich meinen Schleier nicht abnehme."

Tom hatte nicht einen Augenblick daran gedacht, die als Prinzessin Petulia verkleidete Lady Sadie zu heiraten. Aber jetzt, wo sie es erwähnte ... warum eigentlich nicht? „Aber – aber – aber werde ich denn nicht zu Stein erstarren?"

„Ja, und wenn du das nun nicht tust?"

„Und wenn doch?"

„Wenn ich dir wirklich etwas bedeuten würde ..." Lady Sadie wandte sich ab, als wäre sie verletzt.

Tom hatte genug. „Du bist mir völlig egal. Ich will es ihm nur heimzahlen!"

„Es gibt einen ganz einfachen Weg, herauszufinden, ob du zu Stein wirst", sagte Lady Sadie.

„Und der wäre?", sagte Tom mürrisch.

„Ich werde meinen Schleier nur ein klitzekleines bisschen lüften ..." Sie griff nach ihrem Schleier.

„Nein!", schrie Tom entsetzt. Er versteckte sein Gesicht hinter seinen Händen. „Ich bin noch nicht bereit“, murmelte er zwischen den Fingern hindurch.

„Dann machen wir’s morgen.“

Sieben Tage lang war das der Inhalt ihrer Gespräche. Und am achten hatte Roger sie eingeholt.

Kapitel 25
Stein

Ich weiß, ihr wollt wissen, ob es zu einem fürchterlichen Kampf kam. Das tat es. Die Ergebnisse folgen sofort. Aber erst muss ich das Gespräch wiedergeben, das dem Kampf vorausging. Damals war es üblich, dass Könige, Prinzen und Ritter nicht in den Kampf zogen, bevor sie nicht mit dem Gegner ein schönes, ausführliches Gespräch geführt hatten. Wenn ihr die „Ilias" von Homer lest, dann werdet ihr sehen, dass seine Helden, bevor sie in den Kampf ziehen, ihren Gegnern fast mehr über sich erzählen, als man seinem besten Freund erzählt. Wo sie herkommen, was ihr Vater von Beruf ist, ihre ganze Lebensgeschichte also, außer vielleicht, was sie in den Sommerferien gemacht haben.

Das hatten Roger und Tom nicht nötig, denn bevor sie die schlimmsten Feinde wurden, waren sie die besten Freunde gewesen. Jeder von ihnen wusste schon alles, was er über den anderen wissen konnte. Umso schwieriger wurde es, noch etwas zum Reden zu finden. Und so standen sie einander gegenüber und starrten sich über der Glut des Lagerfeuers gegenseitig an.

Das war direkt nach dem Abendessen, als Tom und Lady Sadie mitten in ihrer ständig gleichen Unterhaltung steckten und Tom eine fürchterliche Laune hatte. Daher war er von Rogers plötzlichem Erscheinen begeistert. Er wünschte nur, einem von ihnen beiden fiele etwas zum Reden ein.

Roger ging es genauso. Was er mit sich herumtrug, war zu wirr, um es in Worten auszudrücken. Im Übrigen war er völlig erschöpft davon, tagein, tagaus durch Wälder zu stapfen – durch hohe Wälder, mittelhohe Wälder und zu guter Letzt – stapf stapf stapf – durch den Kleinen Wald. Es machte ihm zu schaffen, mit welch verblüffender Leichtigkeit Tom sich von einem Ort zum anderen bewegte: weg vom Wald ohne Wiederkehr, heraus aus dem Felsgrund der Fiesheit. Warum war es für den so leicht und so schwer für Roger?

Es war Roger klar, dass dies kein gutes Thema war für das Gespräch, das sie vor dem Kampf führen mussten. Er wollte eine Errettung nicht damit beginnen, dass er den Eindruck erweckte, sich selbst zu bedauern (so wie Tom es tat), und im Übrigen war er zu verletzt und verwirrt, um persönlich zu werden. Sicher war Tom nicht mehr sein Freund, aber wie ein Feind kam er ihm auch nicht vor. Was blieb also anderes zu sagen außer: „Ich versteh's nicht"? Und das vor Lady Sadie zu sagen, dazu war Roger zu stolz. Also stand er nur abwartend am Feuer und guckte dumm aus der Wäsche.

Es lag ganz klar bei Tom, das Gespräch vor dem Waffengang zu beginnen, wenn es denn eines geben sollte.

„Du bist kein Adler mehr", murmelte Tom.

„Nein", sagte Roger, erleichtert, dass das Eis gebrochen war.

„Und du bist weder Stein noch Stuhl noch Kröte", spottete Tom.

„Nein."

„Und trotzdem muss ich nicht lachen!" Tom sah stolz aus, auf eine gemeine Weise.

„Nein."

„Du bist du selbst. Du trägst deinen eigenen Körper spazieren, bei dessen Anblick ich mich früher immer kugeln musste vor Lachen. Aber ich lache nicht. Und kugele mich nicht. Ha-ha."

„Du hast gerade gelacht", sagte Roger, den Toms Sticheleien etwas ungeduldig machten.

„Ja, aber ich lache nicht mit dir, sondern *über* dich. Und so zahle ich's dir heim. Noch bevor wir angefangen haben."

Zweifellos hätte Tom besser Acht geben sollen auf diesen unangenehmen Typen, der mit dem Schwert in der Hand vor ihm stand, aber seine ganze Aufmerksamkeit galt Lady Sadie hinter ihrem Schleier. „Geht es dir gut, Lady Sadie?"

„Ich habe gewartet, dass du kommst und mich rettest.“ Sie klang eher erfreut als gereizt und das ließ Rogers Herz schneller schlagen.

„Warum nennst du sie Lady Sadie?“, wollte Tom wissen.

Weder Roger noch Lady Sadie machten sich die Mühe zu antworten. „Ich bin froh, dass du in Sicherheit bist“, sagte Roger.

„Ich bin noch nicht in Sicherheit“, sagte Lady Sadie.

„Nein, aber es ist besser als der Felsgrund der Fiesheit. Das musst du doch zugeben.“

„Es ist besser. Und schlimmer“, sagte Lady Sadie.

„Warum sagst du das?“, fragte Roger.

„Im Felsgrund der Fiesheit waren wir allein. Das war das Gute daran.“ Ihre Stimme klang heiser hinter dem Schleier.

„Wir hatten viel Spaß. Weißt du noch?“

Rogers Augen funkelten. „Ich denke Tag und Nacht daran“, murmelte Lady Sadie.

Tom unterbrach die beiden. „He, sollten wir uns nicht duellieren oder kämpfen oder so? Was ist denn los hier?“

Roger wandte sich um und sah Tom

an, als täte er es zum ersten Mal. „Bist du wirklich jemals mein Freund gewesen?“

„Ich habe *dich* nicht im Stich gelassen“, hielt ihm Tom entgegen.

„Es stimmt, ich bringe dich nicht mehr zum Lachen.“ Roger wandte sich wieder an Lady Sadie. „Und dich auch nicht.“

„Dafür bringst du mich zum Lächeln.“

„Ich sehe dich nicht lächeln.“ Roger zog die Stirn in Falten.

„Ich trage einen Schleier“, erinnerte ihn Lady Sadie.

„Aber deine Augen lächeln nicht“, tadelte Roger sie sanft.

„Entschuldige bitte, wenn ich so direkt bin, aber wir stehen hier neben einem Mann, der dich töten will. Das ist wahrlich kein Grund zur Freude.“

Roger schüttelte ungeduldig mit dem Kopf. „Niemand bringt hier irgendwen um. Das ist doch Grund genug zur Freude.“

„Dann werde ich lächeln“, sagte Lady Sadie.

Roger sah, wie ihre Augen,das heißt alles, was er von ihrem Gesicht sehen konnte, zu tanzen begannen, dann zu leuchten, schließlich zu funkeln. Er wusste, was er unter dem Schleier finden würde. Er würde ein Weltklasse-Lächeln finden und er war der Grund dafür! Das spürte Roger. Und indem er das spürte, musste er selber lächeln. Und so standen sie da, Roger und Lady Sadie, und nahmen niemanden (am allerwenigsten Tom!) und nichts sonst wahr außer dem Lächeln, das sie verband. Tom zog sein Schwert und fuchtelte damit in der Luft herum. „Ihr gebt mir wirklich den Rest. Als ob ich gar nicht da wäre, wo ich so viel durchgemacht habe, um hierher zu gelangen!“

„Ich habe vorher noch nie bemerkt, was für Augen du hast“,

sagte Roger und würdigte Tom keines Blickes. „Ich meine, natürlich hatte ich bemerkt, *dass* du welche hast, aber nicht, was für welche."

Als wollten sie darauf antworten, weiteten sich Lady Sadies Augen ungeheuer. „Achtung, hinter dir!", kreischte sie.

Roger wirbelte herum und sah Tom auf sich zustürmen, das Schwert auf Rogers rechtes Bein gerichtet. „Ich kann es nicht ausstehen, wenn man mich nicht beachtet!", brüllte Tom. „Ich werde es dir heimzahlen, indem ich dir den rechten Arm und das rechte Bein abhacke. Dann kannst du den Rest deines Lebens mit Schlagseite herumlaufen!“

Ich sagte schon, dass der Kampf fürchterlich war. Und das war er. Fürchterlich langweilig. Der langweiligste Kampf, über den ihr jemals etwas lesen werdet. Wenn dieses Buch verfilmt werden sollte, dann wette ich, dass sie den Kampf so filmen, dass er spannend aussieht. Glaubt das bloß nicht. Er war es kein bisschen. Tom war groß und tollpatschig, und so sehr er sich auch einreden mochte, dass er Roger zum Krüppel schlagen würde, so wenig war er wirklich bei der Sache. Er vermasselte die einfachsten Hiebe. So zielte er etwa auf Rogers Arm, und obwohl Roger

weder auswich noch parierte – genau genommen rührte er sich kaum von der Stelle –, ging der Hieb doch völlig daneben.

Roger tat so wenig, um sich zu verteidigen, dass man kaum glauben konnte, dass er an einem Kampf teilnahm. Es sah eher so aus, als führte Tom ein Säbeltanz-Solo vor und Roger gehörte zum Publikum.

Lady Sadie war aufgeregter als Roger, aber nachdem sie Tom eine Stunde dabei zugesehen hatte, wie er wild um sich und wild daneben hieb, kam sie zu dem Schluss, dass der Prinz völlig in Sicherheit war und dass sie Wichtigeres zu tun hatte. Sie machte sich davon zu einem nahe gelegenen kleinen Teich, der versteckt in einem Hain mit Kleinkiefern lag, und nahm ihr erstes Bad seit einer Woche. Und während sie so badete, dachte sie an Roger. Und das machte, dass sie vor sich hinträllerte. Ein glückliches Lied.

Das Duell hatte mittlerweile eine dramatische Wendung genommen: Mehr aus Ermüdung denn aus irgendeinem anderen Grund rutschte Roger auf einem glitschigen Flecken Kurzkraut aus. Das Schwert flog ihm aus der Hand und Tom vor die Füße. Hilflos lag Roger lang ausgestreckt auf dem Boden. Tom sah, dass er keine andere Wahl hatte, als ihn zu töten. Es spielte dabei keine Rolle, dass er das nicht wollte. Er würde einfach dumm dastehen, wenn er es nicht täte. Er würde als Weichling erscheinen, zimperlich, schwach, dumm, blöde.

Lady Sadie hatte inzwischen ihr Bad beendet. Als sie dieselben dreckigen, stinkigen Gewänder wieder anlegte, die sie seit Tagen getragen hatte, verschlechterte sich ihre Stimmung. Also wirklich, dieses Abenteuer stank ihr gewaltig! Sie war ziemlich gereizt, und dann bekam sie aus dem Augenwinkel gerade noch mit, wie Tom sein Schwert über den Kopf erhob, um es im nächsten Augenblick auf Rogers Kehle niedergehen zu lassen.

„Tom!“, rief sie mit schneidender Stimme.

Tom wirbelte herum, erleichtert über diese gute Gelegenheit, Roger nicht töten zu müssen.

Lady Sadie trat hinter den Kurzkiefern hervor. Sie näherte sich Tom ohne eine Waffe, ohne ein Argument, ohne um Gnade zu bitten oder sein Mitleid zu erflehen. Ohne irgendetwas. Tom wartete darauf, dass ihr etwas einfiele, um ihn davon abzuhalten, etwas zu tun, was er eigentlich gar nicht tun wollte.

Während dieser äußerst langen Unterbrechung hatte Roger alle Zeit der Welt, aufzuspringen und Tom in den Schwitzkasten zu nehmen oder ihm einen Stein auf den Kopf zu hauen oder irgendetwas anderes zu tun, um sich aus seiner misslichen Lage zu befreien.

Aber nein, er lag einfach nur da, flach auf dem Rücken, und sah die verhüllte Figur von Lady Sadie mit derselben fassungslosen Faszination an wie Tom.

Lady Sadie trat einen Schritt näher an Tom heran. Er schrie. Bevor sie es überhaupt tat, *wusste* er es. Verzweifelt hob er die Hände, um sein Gesicht zu verstecken, und vergaß dabei völlig, dass er in der rechten Hand ein Schwert hielt. Er verpasste sich selbst einen solchen Schlag, dass er ins Stolpern kam und Sterne sah. Sein erster Anblick, als er wieder klar im Kopf war, war Lady Sadie, die ihren Schleier löste. Tom dachte, ihm würde das Herz zerspringen. Lady Sadie hielt den Schleier locker zwischen Daumen und Zeigefinger. Tom wurde weiß im Gesicht, seine Augen traten hervor, ihm zitterten die Knie. Lady Sadie ließ den Schleier davonschweben. Er schwebte auf den Boden des Kleinen Waldes. Zum Vorschein kam eine vollkommen durchschnittliche, junge Frau von angenehmem Äußerem. Es spielte keine Rolle. Tom wurde zu Stein.

Kapitel 26

Nicht wirklich

Wie konnte Tom zu Stein werden? Lady Sadie sah sicher ganz nett aus. Mehr als das: attraktiv. Aber attraktiv genug, um einen Mann in Stein zu verwandeln? Nein, wirklich nicht.

Es war so: Tom wurde deshalb zu Stein, weil er es sich in den Kopf gesetzt hatte. Zu Stein wurde schließlich jeder, der Prinzessin Petulia ins Gesicht sah. Lady Sadie tat so, als wäre sie Prinzessin Petulia. Sie trickste ihn aus. Sie ließ ihren Schleier fallen, weil sie wusste, dass es ihn zu Tode erschrecken würde. Und auf diese Weise konnte sie Roger retten, was anscheinend zu ihrer Hauptbeschäftigung geworden war.

Tatsache ist, dass Tom nicht wirklich zu Stein wurde. Aber bis er das schließlich merkte, hatte er schon eine Woche auf demselben Fleck gestanden, starr wie eine Steinfigur. Und die Erkenntnis kam erst mit dem Hunger und dem Durst. „Steinerne Statuen werden nicht durstig", war sein erster Gedanke. „Steinerne Statuen werden nicht hungrig", war sein zweiter Gedanke. „Steinerne Statuen denken nicht", war sein dritter Gedanke. Und an dem Punkt kam er zu dem Schluss – mit einer Woche Verspätung, lange nachdem Roger und Lady Sadie fortgelaufen waren –, dass er doch noch aus Fleisch und Blut war.

Er wusste nicht, wie und warum; er wusste nur, dass er aus Fleisch und Blut zu Stein geworden war und wieder rückwärts. Niemand hätte ihn vom Gegenteil überzeugen können. Er war sicher, dass unter allen Freiern, die Prinzession Petulia zu Stein verwandelt hatte, nur *er*, Tom, so einzigartig, so männlich war, dass er das gewisse Etwas besaß, mit dem man zurückkommen kann.

Nachdem er sich den Bauch voll geschlagen hatte, konnte Tom an nichts anderes denken als daran, wie außergewöhnlich er war. Wie viel besser er doch sein musste als alle anderen, dass ihm ein so beispielloses Comeback gelungen war! Vor allem besser als Roger. Dem musste er nichts mehr heimzahlen. Mit dem *war* er quitt. Mehr als quitt. Er konnte jetzt das Buch verlassen: nicht als dummer August, der in ein Rosenbeet fiel, nicht als Trottel, den sein bester Freund im Stich ließ, nicht als Witzfigur oder als Bösewicht – nein, er konnte das Buch als aufrechter Mann verlassen, als ein Held, der Mann, der aus der Starre kam.

Tom verlässt jetzt das Buch und wird nie mehr zurückkehren. Ich werde nichts mehr über ihn schreiben außer: „... so lebt er heute noch." Ganz allein. Und jeden Morgen erwacht er mit der kostbaren Erinnerung daran, dass er einst eine Statue war und jetzt ist er's nicht.

Kapitel 27
Das vorletzte Kapitel

Ich habe dieses Kapitel so genannt, weil es mir oft so ergangen ist, dass, wenn ich mich dem Ende eines Buches nähere, ich mich frage, wie viele Seiten ich wohl noch vor mir habe. Also blättere ich die Seiten um und gucke nach. Und finde Dinge heraus, die ich gar nicht wissen wollte. Deshalb denke ich schon seit langem, dass es eine gute Sache wäre, wenn auch in Büchern Entfernungsschilder stünden, so wie man sie an Autobahnen aufstellt.

Und nun zurück zu unserer Geschichte. Das Erste, was Prinzessin Petulia zu Roger sagte, als er mit Lady Sadie zu Philipp, dem Riesenfloß zurückkehrte, war: „Ich weiß, dass du der einzige Mann bist, dem ich ins Angesicht geschaut habe, ohne dass er zu Stein wurde. Ich weiß auch, dass du mich zum Gegenstand deiner SUCHE gemacht hast. Darüber hinaus weiß ich, dass du davon ausgehst, dass du zu meinem Vater zurückkehrst, um deine Belohnung in Empfang zu nehmen, und dass wir dann heiraten. Dies sage ich dir mit freundschaftlichen Gefühlen, denn in der kurzen Zeit, die wir uns kennen, habe ich dich als einen guten Menschen mit einem gütigen Herzen schätzen gelernt."

„Ich fühle mich geehrt", sagte Roger mit sinkendem Mut.

„Du bist ein wahrer Freund", sagte Prinzessin Petulia.

„Ich fühle mich geehrt", sagte Roger tief betrübt.

„Wahrer Freund, lieber würde ich sterben, als dich zu heiraten", sagte Prinzessin Petulia.

„Juhu!", rief Roger, schnappte sich Lady Sadie und schleuderte sie im Kreis herum.

„Ich habe mich in den Riesen verliebt", sagte Prinzessin Petulia.

„Ich habe mich in Lady Sadie verliebt!", rief Roger.

Und was hatte Lady Sadie bei dieser denkwürdigen Gelegenheit zu sagen? Sie sagte zu Roger: „Wenn ich auch sehr direkt bin, nicht besonders schön und rede, wie mir der Schnabel gewachsen ist – ich fühle mich erstaunlich schön, wenn ich mit dir zusammen bin."

„Hunger!", sagte die tiefste, polterndste Stimme, die Roger je gehört hatte. Der Riese war aufgewacht. Roger hatte ganz vergessen, dass es ihn gab, außer als jemanden, auf dem man übers Wasser treiben konnte.

Roger, Lady Sadie und Prinzessin Petulia fischten die ganze Nacht. Sie fingen Streifenbarsche, sie fingen Makrelen, sie fingen Flundern, sie fingen Blaufische, und wie sie die ganze Nacht fischten, so redeten sie den ganzen Tag. Der Riese auch. Nachdem er dreihundert Fische gegessen hatte, war er ausgesprochen munter. So munter, dass er mit Prinzessin Petulia einen Streit anfing. Einen Streit unter Verliebten, ihren ersten.

„Mir ist schon einiges passiert, aber verliebt bin ich zum ersten Mal", begann er. „Dies ist das erste Mal, dass ich mich verliebt habe. Es ist auch das letzte Mal. Ich habe eine Bitte. Die einzige Bitte, mit der ich in meinem ganzen Leben zu dir kommen werde. Wenn du nein sagst, werde ich mich davonmachen ... irgendwohin, wo mich keiner sieht ... wo du mich niemals wiederfinden wirst, egal, wie groß ich bin. Aber wenn du ja sagst, werde ich dich lieben und ehren und dir dienen und nie von deiner Seite weichen, bis zu dem Tag, an dem ich sterbe oder an dem du stirbst oder an dem wir beide sterben, aber das wird niemals sein, denn dazu werden wir viel zu glücklich sein. Aber nur wenn deine Antwort ‚Ja' lautet." Der Riese machte eine Pause – und warum auch nicht? So viel hatte er seit langer Zeit nicht geredet.

„Wie lautet deine Bitte?", fragte Prinzessin Petulia während dieser Pause.

Die Pause dauerte an. Der Riese sagte nichts. Nachdem er fünf Minuten lang nichts gesagt hatte, räusperte er sich. So gewaltig war sein Räuspern, dass nistende Vögel sich in alle Winde zerstreuten; Fische flüchteten zum Meeresgrund. „Ich hätte gern", sagte der Riese mit dem sanftesten und bescheidensten Poltern, dessen er fähig war, „dass du deinen Schleier lüftest."

„Nein", antwortete Prinzessin Petulia. „Du wirst zu Stein erstarren."

„Ich möchte gern", sagte Philipp, der Riese, mit seiner sanftesten und bescheidensten Stimme, „dass du deinen Schleier lüftest."

„Das wage ich nicht", antwortete Prinzessin Petulia.

„Früher einmal hat mir deine Schönheit etwas bedeutet. Damals hätte ich zu Stein werden können. Jetzt sind es deine Liebe, deine Zärtlichkeit, deine heilende Kraft, dein Geschick beim Fischen, die mir etwas bedeuten. Du kannst mich nicht zu Stein verwandeln. Du kannst keinen Menschen zu Stein verwandeln. Nicht mehr. Denn *du* bist jetzt selbst verwandelt. Ich habe dich verwandelt, ehe du mich verwandeln konntest."

„Wie hast du mich verwandelt?“, fragte Prinzessin Petulia mit zitternder Stimme.

„Liebst du mich?“, fragte der Riese, wobei er so tief ein- und ausatmete, dass sein Atem die Wolken über den Himmel huschen ließ.

„Aus tiefstem Herzen“, antwortete Prinzessin Petulia.

„Hättest du dir jemals träumen lassen, dass du überhaupt einmal lieben würdest, geschweige denn ‚aus tiefstem Herzen‘?“, fragte der Riese, und so viel Zärtlichkeit schwang in seiner Stimme, dass sich die Wellen glätteten. Und das Tal der Tränen glänzte wie ein Spiegel.

Was hätte Prinzessin Petulia anderes tun können? Sie riss sich den Schleier vom Gesicht und warf ihn ins Tal der Tränen. Sie hielt ihr Gesicht dem schwimmenden Riesen entgegen und küsste ihn. Sie war selig. Philipp lächelte. Sein Lächeln war doppelt so lang, wie Petulia groß war. Mit seiner tiefen, polternden Stimme sagte Philipp: „Ich bin nicht zu Stein geworden, sondern zu Pudding.“

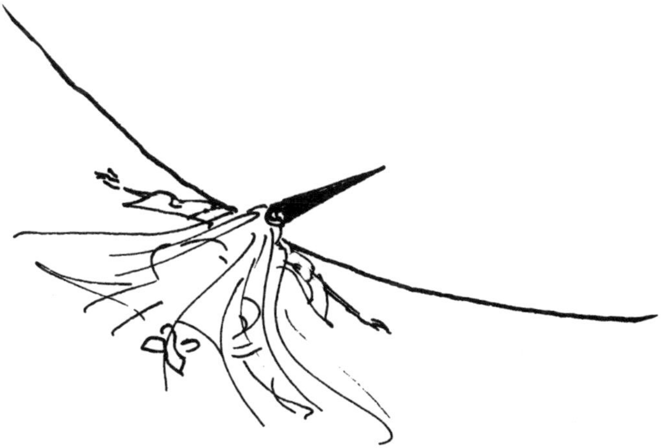

Kapitel 28
Noch sieben Seiten

Genau wie Philipp es vorhergesagt hatte, verwandelten sich die Menschen beim Anblick von Prinzessin Petulias Gesicht, das immer noch von atemberaubender, aber nicht mehr lähmender Schönheit war, nicht mehr zu Stein. Und genau wie es Tom kurz vor dem Kampf ergangen war, erging es auch allen anderen beim Anblick von Roger: Niemand kugelte sich mehr vor Lachen.

Aber zuerst die Hochzeit. Eine königliche Hochzeit, eine Doppelhochzeit, und die Trauung vollzog H. Zacharias Zauber. König Wihissesdonoch führte die Bräute zum Altar; Roger und Sir Philipp waren jeweils Trauzeuge des anderen. Ja, er war jetzt Sir Philipp. Am Morgen der königlichen Hochzeit hatte König Wihissesdonoch zu Philipp, dem Riesen, der sich gerade rechtzeitig zur Hochzeit von seiner langen Krankheit erholt hatte, gesagt: „Knie nieder." Natürlich war „Knie nieder" nicht das Erste, was König Wihissesdonoch über die Lippen kam. Erst kam „Nie wieder", dann „He, Sie da!", „Wie, Mieder?", „Minnelieder" – und endlich „Knie nieder".

Und Philipp, der Riese, kniete nieder. Das dauerte eine halbe Stunde. Bis er seinen Körper in so viele verschiedene Richtungen gefaltet hatte, wie zum Niederknien nötig war, war es Nachmittag geworden und fast schon Zeit für die Hochzeit.

H. Zacharias Zauber warf einen besorgten Blick auf die Sonnenuhr des Schlosses und murmelte: „Bringen wir's hinter uns."

Das half auch nicht gerade. Es brachte den König nur noch mehr durcheinander. Hatte er ursprünglich sagen wollen: „Erhebe dich, Sir Philipp der Lange“, so stolperte er jetzt durch:

„Erbebe nicht, öh, Lippe, verlange ... Verhebe dich, sagt Lily, die Schlange ... O bange, du Schlippe, verfange ...“

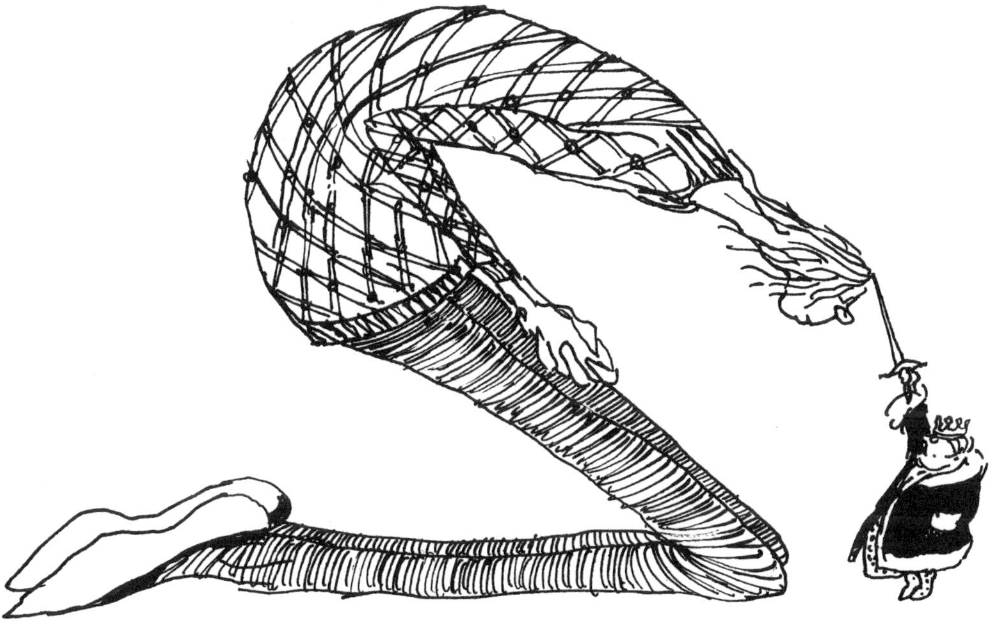

Schließlich war es vollbracht. Prinz Roger und Sir Philipp wurden mit Prinzessin Sadie (nicht mehr Lady Sadie) und Prinzessin Petulia getraut. „Wollt ihr, Prinzessin Sadie und Prinzessin Petulia, Prinz Roger und Sir Philipp zu euren königlichen Ehemännern nehmen, in Krankheit und Wohlsein, im Guten wie im Schlechten, in Streit und Versöhnung, Lachen und Weinen, jetzt und für immer, bis dass der Tod euch scheidet?" Jetzt und für immer kann Jahre dauern. Und so hatte Roger reichlich Zeit zum Nachdenken. Und eine der Sachen, über die er nachdachte, erwähnte er eines Tages gegenüber Lady Sadie: „Meine liebe Frau, was hat es zu bedeuten, dass ich niemanden mehr dazu bringe sich totzulachen?"

Prinzessin Sadie dachte eine Weile über diese Frage nach und antwortete mit einer Gegenfrage: „Was hat es zu bedeuten, dass ich nicht mehr so furchtbar direkt bin?"

Roger schaute überrascht drein. „Du hast Recht. Manchmal bist du sehr barsch und dann wieder ausgesprochen sanft, manchmal pöbelst du und manchmal schnurrst du wie eine Katze."

Worauf Prinzessin Sadie antwortete: „Und manchmal bist du so komisch, dass ich dich herzen und küssen will – und manchmal bist du so lieb, dass ich dich herzen und küssen will – und manchmal bist du so traurig, dass ich dich herzen und küssen will – und manchmal nervst du mich so, dass ich dir einen Tritt verpassen will."

Prinz Roger kratzte sich den Kopf. „Was bedeutet das alles?"

„Es bedeutet: Wenn man vom Wald ohne Wiederkehr in den Felsgrund der Fiesheit durch das Reich der Rachsucht über den See der Seufzer und vorbei am Berg der Bosheit geht, bis man fast im Tal der Tränen ertrinkt, dann kann das nicht ohne Wirkung bleiben."

Roger und Prinzessin Sadie trafen sich oft mit Prinzessin Petulia und Sir Philipp. Die beiden königlichen Paare bauten zwei Paläste Seite an Seite. Natürlich musste Sir Philipps Palast höher sein als drei Eichen übereinander. Ab und zu unternahmen die beiden Paare eine Floßfahrt im Tal der Tränen, wie in

alten Zeiten. Sir Philipp war dann das Floß. Sie fischten, sie redeten, sie sangen Lieder und sie lachten viel. Oft war es Roger, der sie zum Lachen brachte. Aber ebenso oft war es einer von den anderen.

Eines Tages machte Prinzessin Sadie den Vorschlag das Tal der Tränen vielleicht in den See der Liebe umzubenennen. Roger sagte: „*Du* bist ja wohl überhaupt nicht mehr direkt!" Alle lachten so sehr, dass die Namensänderung bald vergessen war. Über die Jahre nahm der Name des Tals der Tränen in ihren Herzen einen besonderen Platz ein.

Im zweiten Jahr ihrer Ehe schenkte Prinzessin Sadie einem Sohn das Leben, den sie Tom nannten. Bei der Taufe traf Roger zum ersten Mal seit der Doppelhochzeit H. Zacharias Zauber.

„Weißt du eigentlich, dass ich auf der SUCHE, die du mir verordnet hast, beinahe gestorben wäre?", sagte Roger.

„Das Beste, was dir je passiert ist", sagte H. Zacharias.

„Weißt du, dass ich beinahe versagt hätte?", fragte Roger.

„Du *hast* versagt", sagte H. Zacharias. „Die SUCHE, auf die du gegangen bist, war die falsche. Nicht dass ich irgendeine klare Vorstellung gehabt hätte, als ich dich losgeschickt habe. Aber nach deinem zweiten Jahr im Wald ohne Wiederkehr war recht klar, wem deine SUCHE zu gelten hatte."

Roger traute seinen Ohren nicht. „Du meinst, ich sollte gar nicht Prinzessin Sadie heiraten?“

„Du solltest Prinzessin Daphne heiraten, die nicht annähernd so gut zu dir passt“, sagte H. Zacharias. „Alles in allem, denke ich, hast du dich prächtig geschlagen.“

Roger ging nach Hause und erzählte alles Prinzessin Sadie. Er ging über die Straße und erzählte es Prinzessin Petulia und Sir Philipp. Dann kehrte er nach Hause zurück und spielte mit seinem kleinen Sohn Tom.

Und was dachte er dann zum Schluss von alledem?

Nach einer ganzen Reihe von Geprächen – mit Prinzessin Sadie,

Prinzessin Petulia und Sir Philipp – gelangte Roger zu der Erkenntnis, dass es in seinem Leben ein Dutzend, ach, hunderte weiterer SUCHEN geben mochte, die alle darauf warteten, dass er sich auf den Weg machte. Aber wo sonst hätte er diese Frau gefunden? Oder dieses Kind? Oder diese Freunde?